GROUND XO

DU MÊME AUTEUR

CHEZ LE MÊME ÉDITEUR

Commis d'office

Toiles de maître

Hannelore CAYRE

GROUND XO

SUITES
Éditions Métailié
5, rue de Savoie, 75006 Paris
www.editions-metailie.com
2007

ISBN : 978-2-86424-623-7
ISSN : 1281-5667

À Jean-Christophe...

"À tous ces lascars qu'ont tourné dans le noir,
À toutes les familles qu'attendaient au parloir,
À tous les concernés par ce genre d'histoire
Bonne chance, si tu passes devant la barre."

Passi, *Le maton me guette*

1

C'était la veille de Noël.

J'avais prêté serment un 24 décembre, cela faisait exactement vingt ans.

Vingt années de barre que je venais de m'enquiller avec à chaque rentrée la même promesse : "Encore cinq ans et c'est fini, je raccroche la robe."

Grisé d'ambitions aussi imprécises que puériles, je rêvais, jeune avocat, de devenir un type qui marquerait son temps. Je me trouvais beau, alerte, et j'imaginais que les filles mouillaient jusqu'aux genoux rien qu'à me voir déambuler au Palais dans ma robe toute neuve.

Vingt années plus tard, je me retrouvais là, assis dans ma cuisine, la tête entre les mains à faire des compromis avec moi-même pour savoir combien de centilitres de calva viendraient à bout du souvenir pénible de la nuit que je venais de passer.

C'est mon humeur maussade et mon impuissance à me mettre en train qui me poussèrent ce matin-là à rédiger la première de mes confessions à l'inquiétant docteur Kafhar.

Le 24 décembre.

J'ai fait ce rêve atroce, ce rêve typique d'anniversaire, qui hante mon esprit depuis mon réveil.

Je suis devant les grilles du Palais de justice en train de me branler la nouille jusqu'au sang.

Alors que je recherche vainement une quelconque excitation, mes confrères défilent devant moi, gênés, en murmurant pour les plus compatissants : "Le pauvre, il est là tous les jours" et pour les moins sympas : "Et l'Ordre qui ne fait rien, c'est à ne pas y croire !"

Je sue et mes mains sont poisseuses.

Un garde mobile s'approche et d'une voix douce me dit : "Maître Leibowitz, c'est fini ; il faut rentrer maintenant !" Là, je remballe à contrecœur mon appareil génital et m'éloigne, boulevard du Palais, en maugréant.

Je me relus : j'étais assez fier de moi. En un jet, j'avais réussi à pondre de la super came pour psy. En fait, c'était moins dur que je ne le croyais. Si Kafhar tenait ses promesses, j'allais la purger vite fait, ma mise à l'épreuve.

Au début de l'année, alors que je revenais innocent et tout sourire d'une dégustation de Château Lescours, je suis tombé dans le filet tendu par les flics, quai Malaquais. Une grosse Martiniquaise, rétive à mon charme, m'invita à descendre de mon véhicule et, après avoir vérifié mon identité d'un air suspicieux, m'obligea à souffler dans le ballon. Diagnostic : deux grammes ; conduite en état d'ivresse.

Mon ami et confrère Bertrand m'avait négocié un plaider coupable devant le procureur et je m'en étais sorti avec une petite suspension de permis et une amende de mille cinq cents euros à payer.

Je n'étais pas content, mais bon.

En octobre, rebelote. Alors que pour rentrer chez moi, je m'étais concocté un itinéraire spécial soirée arrosée, une déviation imprévue conjuguée à une malchance à peine croyable me guida sur le même barrage, devant la même Martiniquaise dépourvue d'humour qui me fit souffler dans le même ballon : deux grammes huit.

Bertrand, cette fois, ne réussit pas à m'éviter l'audience correctionnelle.

Une jeune magistrate zélée m'assomma d'une peine de quatre mois de prison assortis d'un sursis avec mise à l'épreuve pendant douze mois, agrémentée d'une obligation de soins.

Mais là où elle aurait pu se contenter d'un sportif "Maître Leibowitz, vous n'êtes pas sans savoir que la conduite en état d'ivresse est interdite par la loi", ce que je savais et que j'acceptais volontiers, j'eus droit à l'inévitable leçon de morale réservée à l'alcoolo de base, toute joyeuse qu'elle était de se payer un avocat.

– L'alcoolisme est une grave maladie dont vous ne parvenez pas, nous le constatons encore une fois, à mesurer toutes les conséquences. Vous pouvez compter sur moi pour que je m'enquière personnellement de votre suivi en matière de désintoxication auprès du juge de l'application des peines. Les avocats ne sont pas au-dessus des lois, il va falloir vous le mettre dans le crâne. En particulier vous, maître Leibowitz.

Un membre du Conseil de l'Ordre, rompu aux tracas de biture de ses ouailles, me mit en garde contre cette juge. Elle n'avait pas hésité à révoquer leurs sursis et à embastiller des confrères qui avaient refusé de jouer le jeu de la mise à l'épreuve. Si eux, on les avait simplement suspendus, moi, compte tenu de mes antécédents, on me radierait en deux temps, trois mouvements. Compatissant, il me fila les coordonnées d'un psy qui me rédigerait sans trop m'emmerder les certificats médicaux destinés au juge de l'application des peines via le conseiller de probation.

Le docteur Amristad Kafhar me reçut le jour même de mon coup de fil à son cabinet.

Mais, alors que je m'attendais à repartir comme il se devait avec une pile de certificats médicaux antidatés, il me prit la tête en vrai médecin qu'il était.

Rarement j'ai vu un nom convenir aussi bien à une personne.

Kafhar était indien et avait l'air d'un petit coléoptère anthracite.

Il se présenta à moi comme aliéniste, trouvant sans doute le terme "psychanalyste" beaucoup trop moderne. Les murs de son cabinet étaient tapissés d'une espèce de moquette grise à poils longs qui sentait le rance. Çà et là, des tableaux exécutés par des gens vraisemblablement très malades et représentant des gribouillis noirâtres étaient censés décorer la pièce.

L'aliéniste Kafhar m'observa longuement de derrière une paire de lunettes effrayantes en bakélite tout en émettant d'étranges petits bruits chitineux.

– Pourquoi buvez-vous autant ? Deux grammes huit, c'est énorme tout de même, non ?

– Je ne bois pas. Je suis un bon vivant qui prend de temps en temps une cuite.

– Vous n'avez jamais eu l'impression de boire… trop ?

– "Trop", ça veut dire quoi ? Plus qu'il ne me faudrait ? Mais qu'est-ce que j'en sais de ce qu'il me faut quand je bois ? Ou quand je bouffe, d'ailleurs ? Ou même quand je baise. Ou pourquoi pas quand je dors, tiens ? Ou quand je fais la fête… Ou quand je me masturbe… Ce sont les autres qui jugent que c'est trop. Moi, je n'en ai jamais l'impression, sauf peut-être le lendemain. Et puis, c'est quand j'en fais trop que je me sens le plus épanoui.

– C'est intéressant ça, cette idée du trop. Ces termes excessifs… Bouffer, baiser… Cette recherche d'états limites… C'est sur cela que nous devrions travailler, vous ne pensez pas ?

– Travailler ?

– Je vous sens en souffrance vis-à-vis de votre fonctionnement…

– Mais pas du tout, je vais très bien !

– Quand vous sentirez que vous en faites “trop”, comme vous dites, vous n’avez qu’à m’écrire une petite lettre pour me décrire votre état et me l’envoyer. En échange, je vous ferai un certificat pour votre probation. Une lettre sincère… Un certificat… Comme ça, au bout d’un an, à la fin de votre mise à l’épreuve, on se sera fait un petit journal de rancœurs et de peines, plein de toutes les mauvaises raisons de se détruire la santé… Et puis qui sait, peut-être qu’après vous choisirez de venir me voir pour une thérapie plus sérieuse.

Je relus encore une fois ma lettre…

Je n’avais pas besoin de consulter qui que ce fût pour comprendre que mes cauchemars récurrents étaient exclusivement liés à mon usure professionnelle. Quand je ne me branlais pas devant le Palais, je plaidais devant mes parents qui faisaient comme si je n’existais pas ou bien les flics venaient me chercher au petit matin pour quantité de raisons absconses.

Pourtant, depuis mes dernières mésaventures*, j’avais pris un soin tout particulier à mener une vie très calme et à ne m’entourer que de confrères encore plus tarés que moi.

Outre mon exercice d’avocat pénaliste, je m’étais lancé dans une nouvelle aventure : la domiciliation.

J’avais investi tout l’argent qui me restait dans un appartement du boulevard Saint-Germain, où tel un démiurge, j’avais su créer un univers en petit, un micro Barreau dont j’étais le grand ordonnateur. J’avais réussi à y caser quarante crève-la-faim trop pauvres pour se payer un vrai cabinet,

* Voir *Toiles de maître.*

qui se partageaient moyennant cent cinquante euros par mois une salle d'attente et deux bureaux décorés de codes obsolètes et d'ordinateurs hors service.

Je régnais sur le Grand Cahier où je notais les rendez-vous de chacun afin de distribuer équitablement le "temps-bureau". Je me chargeais, entre autres, du papier-cabinet et de la photocopieuse, et répartissais le courrier dans des boîtes à chaussures nominatives.

Un claque d'avocats en quelque sorte, dont je réceptionnais la clientèle avec un sourire commercial : j'aurais adoré qu'on m'appelât "Monsieur Christophe", mais je n'avais jamais osé le demander.

Au début, et malgré la vigilance toute particulière que j'avais mise à choisir les poissons de mon aquarium, ils s'étaient tous entre-dévorés. Aussi avais-je très vite abandonné toute velléité de choix, laissant au hasard le soin de composer la fine équipe d'avocats domiciliés chez maître Leibowitz-Berthier.

Chacun s'acharnait à défendre son pré carré minable d'avocat smicard : ceux qui faisaient du droit des affaires détestaient les pénalistes, leur reprochant d'introduire des voleurs et des escrocs dans le cabinet. Les pénalistes détestaient les civilistes, leur reprochant leur usage immodéré de la photocopieuse. Tous détestaient les spécialistes en droit des étrangers, leur reprochant d'encombrer la salle d'attente de gueux que personne ne voulait voir s'installer en France.

Mais le 24 décembre de l'an I de mon cabinet, nous fêterions Noël comme une vraie famille.

J'avais même prévu pour chacun un petit quelque chose à déposer sous le sapin.

Pour maître Nestor N'Zongo, ou plutôt docteur N'Zongo comme ses clients le nommaient avec déférence, j'avais trouvé un livre sur le général de Gaulle.

Archétype de l'avocat africain, bardé de diplômes, grande figure du XVIIIe arrondissement, N'Zongo avait pour habitude de me coincer dans mon bureau pour m'entretenir des heures durant de ses contentieux inextricables, véritable cacophonie juridique, mêlant le droit international et le droit français au droit coutumier africain. Il viendrait avec ses sept enfants impeccablement élevés qu'il avait l'habitude de placer par ordre de taille pour me saluer. Il me les proposait inlassablement comme stagiaires, même le plus petit qui avait neuf ans. À ce train-là, ils seraient tous avocats ; c'était sûr.

Pour Geneviève Duclos, j'avais choisi un ouvrage au point de croix représentant une colombe de la paix. Je savais, aux petits coussins fourrés à la lavande avec mes initiales brodées dessus qu'elle m'offrait à tout propos, qu'elle apprécierait. Geneviève était un exemple pour nous tous. À quatre-vingts ans, il n'était pas rare de la voir encore trottiner sur le plateau correctionnel.

J'étais fier de l'héberger dans mon aquarium car c'était une figure du Barreau. Avec l'âge, elle avait su imposer son style et, à l'instar de "faire du Badinter" ou "faire du Florio", "faire du Geneviève Duclos" était devenu une référence. Sa plaidoirie, toujours la même, se résumait certes à défendre une crapule indéfendable en chevrotant : "Il est gentil, madame le président ; c'est un garçon si gentil…", mais elle n'était pas dénuée d'efficacité. Les magistrats, englués dans leur pitié pour cette vieille avocate chancelante, répugnaient à taper fort. Malheureusement, même si elle jouissait d'une certaine notoriété, Geneviève Duclos n'avait pas le sou car les gentils garçons de circonstance, qui se donnaient le mot pour la désigner, oubliaient souvent de lui régler ses honoraires.

Eudes Poirier de Segonsac viendrait également se biturer avec toute la noblesse de sa race. Il trouverait sous le sapin un livre de Léon Bloy : un punk mystique comme lui, qu'il n'aurait pas forcément eu l'idée de lire.

Ancien magistrat, mon pote Eudes avait été peu à peu poussé vers la sortie en raison des relaxes systématiques qu'il prononçait en faveur des commandos anti-IVG. Il semblerait que certaines personnes aient trouvé que ses attendus sur le droit à la vie faisaient tache dans les recueils de jurisprudence. Il était devenu avocat, m'avait-t-il dit, pour défendre une certaine éthique, chrétienne s'entend, mais il me semblait à ce point allumé que même les associations d'extrême droite dont je mettais régulièrement les communications dans sa boîte à chaussures s'en méfiaient, car elles ne le désignaient jamais. Il avait écrit un livre audacieux qui lui avait amené, contre toute attente, quelques clients. Dans son ouvrage, il proposait aux échographistes et aux généticiens qui avaient par leur erreur de diagnostic permis la naissance d'enfants anormaux, un axe de défense original fondé sur l'état de nécessité. Ces praticiens n'auraient pas péché par erreur ou incompétence, mais auraient été, sinon aveuglés, du moins inspirés par Dieu pour sauver une vie, et cela le plus souvent à leur insu. Allez répondre à un argument pareil…

Pour ce type bizarre au nom imprononçable… Tablevsky… Kudrevsko… qui ne laisserait pour rien au monde passer une occasion de boire gratis, j'avais choisi un livre intitulé : *Cuisiner les produits de la pêche.* Il me disait se servir de son titre d'avocat pour être intermédiaire dans le poisson avec les Russes. C'était plausible : il me payait son loyer en dollars… et en poissons.

Et l'autre cinglé, là, Pitivier, qui se livrait avec lui-même à des conversations querelleuses… Qui venait une fois par semaine agiter compulsivement des feuilles volantes tout en se plaignant d'être débordé, pour repartir comme il était venu sans que je lui connusse le moindre rendez-vous… Je lui avais choisi, non sans humour, un sablier.

Et pour cette anorexique mentale... À tous les coups, elle irait se faire vomir dans mes toilettes dès le premier petit-four avalé... Elle me donnait des envies de tortures sexuelles... D'encombrantes choses dans ses petits trous étroits... Je lui avais choisi un miroir de sac à main.

Sophie, Élodie, Valérie, Eugénie, Sidonie... Ces anciennes collaboratrices de pénalistes ou de firmes américaines dont on avait en d'autres temps flatté la beauté conjuguée à l'intelligence... Qui de Charybde en Scylla avaient échoué chez moi sans argent, sans client, sans mari mais pleines d'amertume. J'en avais toujours une assise au bord de mon bureau qui me tenait la jambe. Encombrant mes cendriers de mégots qu'elles écrabouillaient d'un geste sec et nerveux, elles m'expliquaient avec force exemples à quel point les hommes étaient des lâches. Et moi j'écoutais, convaincu d'avance.

Pour me venger du temps qu'elles me faisaient perdre, j'avais bien envie de ne rien leur offrir du tout. Tout juste de leur larguer N'Zongo pour qu'il les assomme de ses histoires boursouflées de circonlocutions auxquelles personne ne comprenait rien. Avec un coup dans le nez et sa famille pour l'admirer, il était particulièrement redoutable.

Mais comme j'étais un gentil garçon et que cela serait certainement le seul cadeau qu'elles recevraient, j'avais choisi pour chacune un bonzaï, un truc vivant et fragile dont elles auraient à s'occuper avec soin.

Cet inventaire démontrait, s'il en était encore besoin, que la profession d'avocat, en raison de son exercice solitaire et sans censure, préservait dangereusement la folie de chacun... Ainsi naviguait mon esprit devant mon troisième café calva.

2

Avant que les festivités ne commencent, il me restait à accomplir ma tâche quotidienne, à savoir répartir le courrier du jour entre les boîtes à chaussures de mes confrères.

Du tas laissé par la concierge dépassait une lettre liserée de noir adressée… à moi, ou plus exactement à la “famille Leibowitz”.

Méfiant, je tournai et retournai dans ma main l’enveloppe avant de me décider à l’ouvrir.

“La famille Cotillon a la tristesse de vous annoncer le décès de Marguerite Berthier-Cotillon. Les obsèques auront lieu le lundi 26 décembre au cimetière de Lieursac-le-Mont.”

“Tante Marguerite est morte.”

Ces mots, comme autant de prémonitions de galères futures, me rappelèrent que j’avais eu une tante – donc une famille –, qu’elle s’appelait Marguerite et qu’en vertu de je ne savais quel atavisme, on attendait de moi que je me tape un voyage en province pour assister à son enterrement.

Tante Marguerite est morte !

Tante Marguerite : une grosse fille joviale, rudement sanglée dans des tailleurs toujours trop petits de couleur pastel.

Tante Marguerite : demi-sœur de ma mère, qui la détestait par principe. Dont le seul péché avéré avait été d’avoir eu comme ascendante LA catin qui avait débauché mon grand-père ; une pas grand-chose, une Messaline plébéienne intéressée que par son argent.

Tante Marguerite vivait dans la région de Cognac, dans une demeure au bord des vignes. Elle gérait le domaine légué par son père, Rodolphe Berthier, qui dans une seconde vie, après avoir largué son usine de parapluies à ma famille, s'était rêvé vigneron.

Tante Marguerite avait une vingtaine d'années de plus que moi et laissait un mari et deux enfants : ma cousine Valérie dont je n'avais même pas un vague souvenir et mon cousin François qui, nourrisson, d'après ma mère, était déjà pédé.

Ma fête de Noël fut une réussite.

Toute ma joyeuse équipe de parias en robe était présente et ne quitta le cabinet qu'au petit matin, avec l'arrivée des flics.

Quant à moi, avant de fermer, je rédigeai sur un bout de table un petit mot à l'ignoble Kafhar. Avec un peu de chance, il m'enverrait un certificat médical d'avance.

Le 25 décembre, cinq heures du matin.

Ce soir, j'ai bu, sûrement de TROP, *parce que je suis* TROP *content de faire la bringue avec ces gens qui malgré leurs imperfections, ou plutôt à cause d'elles, ont comme moi le charme puissant des loosers.*

Ce n'est donc qu'une fois dessoûlé que je partis plein de curiosité m'inscrire dans mon continuum familial à Lieursac-le-Mont, petit village de la région dite de la Grande Champagne.

Après m'être maintes fois empêtré dans l'entrelacs des départementales de ma carte Michelin, après avoir dix fois effleuré Lieursac-le-Mont sans jamais l'atteindre, j'arrivai finalement vers midi dans un bourg vide de toute célébration.

Un vieil employé communal posté à l'entrée du cimetière m'accueillit par un grognement qu'il accompagna d'un hochement de tête. Campé sur ses deux pieds, les avant-bras croisés sur son manche de pioche, il m'observa effrontément, alors que j'errais, une couronne à la main, à la recherche de la tombe de ma tante :

– Z'avez rien raté. Y veillent le corps jusqu'à tantôt. Le fils, y veut qu'ça soille l'soir qu'ça s'donne, fit-il avant de rajouter sur un ton goguenard : qu'ça s'donne, j'dis bien... Parce que, comme on a pud'curé pour la messe, voyez... Comme l'église, elle est fermée... L'a prévu du spectac'... De la danse autour du trou... Avec un nègre !

J'eus sur-le-champ une pensée attendrie pour ma mère : un événement pareil l'aurait propulsée star de la conversation dans sa maison de retraite pour au moins six mois.

Alors que je regagnais à pied ma voiture, mon ornement funéraire à la main, je me suis mis à me sentir pousser des racines, à trouver la région jolie. Ces pieds de vigne partout, ces villages impeccablement tenus qui sentaient bon la droite décomplexée me faisaient dire que le grand-père Berthier n'avait peut-être pas eu tort de quitter Paris et mon emmerdeuse de grand-mère pour une solide créature d'un pays si plaisant. Telles furent mes pensées lorsque j'abordai la maison de tante Marguerite, où je n'avais pas mis les pieds depuis mon enfance.

Qu'allais-je dire à ces gens que je connaissais à peine ? "Salut, je suis votre cousin de Paris. C'est chouette d'avoir pensé à m'inviter pour votre enterrement" ?

Oncle Étienne, qui errait sur le perron, fut le seul que je reconnus vaguement. Alors que j'entreprenais de le saluer, il garda avec insistance ma main dans la sienne tout en me dévisageant d'un air complètement égaré. Une fille d'une trentaine d'années, du genre honnête greluche de province, me sauva de cette situation embarrassante en décrochant de moi le vieillard :

– Il ne te reconnaîtra pas ! D'ailleurs il ne reconnaît plus personne. Je suis Valérie, ta cousine. Merci d'être venu de si loin et bienvenue dans ta famille, me dit-elle en projetant vers moi une poigne solide.

Puis elle héla son frère François, un grand dandy dégingandé, qui me gratifia d'un petit sourire triste.

Ma famille.

MA famille !

Moi, le type gangrené par la névrose, qui me sentais anéanti chaque fois que je me remémorais avoir eu un jour des parents, j'avais quelque part une Famille !

On me présenta à des tantes, à des cousines, à des nièces, à des amis, à nombre de Charentais : "mais qu'est-ce que je fous là ?" ai-je tout de même fini par me demander dans un éclair de lucidité.

Alors, pour que personne ne s'aperçoive à quel point j'étais largué, je balbutiai pour chacun quelques mots de circonstance, histoire de me donner une contenance.

À un moment, ma cousine Valérie m'extirpa de la mêlée pour me conduire juste devant le cercueil dans lequel gisait ma tante. Au passage, j'entraperçus l'appétissant buffet qu'on était en train de dresser dans la pièce d'à côté, ce qui me ragaillardit instantanément.

– Tu vas voir... Ils l'ont très bien arrangée. On dirait qu'elle dort, fit-elle en me maintenant d'autorité devant le cadavre.

En guise de chapelle ardente, on avait posé tata sous un halogène à la place de la télévision.

– Elle est morte de quoi ?

– D'un cancer. Ça faisait longtemps qu'elle était malade. À la fin, c'était horrible.

– C'est vrai que le cancer, c'est horrible ! acquiesçai-je, sur le ton que j'imaginais être celui de la compassion.

Mon cousin François vint se placer entre nous.

– Enfin, on se rencontre. Tu sais que j'habite aussi à Paris ? C'est dingue qu'on ne se soit jamais vus.

Il posa sa main sur mon bras tout en contemplant sa mère.

– Tu la connaissais bien ?

– Je me souviens qu'elle avait un bon naturel et qu'elle aimait bien rire.

– C'est vrai qu'elle était gaie… Puis, s'adressant à sa sœur : je n'en reviens pas que tu lui aies mis un tailleur aussi tarte. Ce vert est affreux. Si j'avais été là, j'aurais choisi quelque chose de mieux.

Je ne partageais pas son avis : tante Marguerite, avec sa peau outrageusement rose et poudrée, ses paupières bleu ciel et son tailleur vert amande, avait cet air apaisant qu'ont les guimauves de fête foraine.

Valérie tenta bien de répliquer, mais François n'écoutait plus, tout absorbé qu'il était par l'arrivée de celui que je supposais être le danseur noir.

Il nous planta là pour se précipiter à sa rencontre.

– Il aurait pu se passer de lui au moins une journée, remarqua ma cousine, le visage dur, avant de me larguer à son tour devant le cercueil.

L'immense indifférence que provoquait chez moi la contemplation du corps de tante Marguerite me fit me poser la vraie question : mais pour quelle raison m'avait-on fait venir ?

Lorsque mes parents sont morts, jamais je n'aurais eu l'idée de convier ces gens à leurs enterrements. Alors pourquoi avaient-ils souhaité ma présence à celui de leur mère ?

Perplexe, je me dirigeai vers le buffet où la famille et les proches s'étaient rassemblés. On évoqua d'une voix funèbre l'enfance de la défunte, puis, de souvenirs en souvenirs, de gorgées de pineau blanc en ballons de cognac, on en vint aux petites histoires attendries, pour finir par les histoires gaies voire carrément comiques.

La réponse à ma présence mystérieuse parmi tous ces joyeux inconnus me fut donnée par un petit monsieur rubicond et pompette : maître Cajard, notaire à Angoulême.

– C'est moi qui ai pris l'initiative d'envoyer le faire-part à votre cabinet car nous n'avions pas l'adresse de votre mère. Je ne l'ai pas vue, elle n'est pas avec vous ?

– Ma mère est décédée, il y a cinq ans.

Le notaire engloutit, les sourcils froncés, une poignée de petits-fours en émettant un curieux bruit qui montrait à quel point la nouvelle le laissait interdit.

– Je suis désolé ; je ne savais pas ! Et Valérie qui voulait que nous parlions du mandat de gestion sur ses parts… C'est à vous à présent d'en discuter avec elle…

Et, comme je le contemplais d'un regard vide :

– De vos parts… Il faut que vous discutiez ensemble de ce que vous comptez faire de vos parts.

– Quelles parts ?

– Eh bien celles de votre mère… Enfin, les vôtres.

– Moi, j'ai des parts ?

– Vous possédez un tiers de tout ce qui est ici, fit-il avec un ample geste embrassant les vignes que l'on voyait s'étendre à perte de vue par la fenêtre de la véranda.

– Ce que vous essayez de me dire, c'est que je possède un tiers d'une marque d'alcool ? Moi ?

J'étais scié !

– Pas seulement ! Un tiers sur la maison, sur les quinze hectares de vignes, sur l'alambic, sur les chais, sur les eaux-de-vie des différentes récoltes... Un tiers sur tout. Votre grand-père a légué à ses deux filles, à la pauvre Marguerite ainsi qu'à votre mère, sa part sur le domaine. Si elle ne vous en a jamais parlé, c'est sans doute parce qu'elle a signé un pouvoir à sa demi-sœur pour ne surtout pas avoir à s'en occuper. Maintenant que celle-ci est décédée, c'est à vous de décider ce que vous comptez en faire.

– Eh bien ça alors ! répétai-je au moins dix fois tout en débouchant une bouteille de cognac XO de soixante ans d'âge, un truc hors de prix que j'avais repéré à mon arrivée sur le haut d'une étagère.

Après tout, je n'avais pas à demander la permission à quiconque, un tiers était à moi. Je n'oubliai pas le verre de mon nouveau pote le notaire qui regarda couler le liquide ambré avec une avidité d'ivrogne.

– En ce moment, j'essaye d'arrêter, mais c'est dur ! fis-je pudiquement tout en laissant couler le nectar dans mon verre.

Mais c'est vrai, ça ! Comment allais-je expliquer au docteur Kafhar, alors que j'étais pourtant plein de bonnes résolutions, que j'avais hérité sans crier gare d'une marque de cognac ?

Je me fis la promesse de lui écrire au moins un truc là-dessus le soir même.

Le petit homme imprima à son verre un mouvement de balancier tout en le tenant dans la lumière.

– Quelle belle couleur... Et comme il est onctueux ! Regardez, on voit à peine les larmes lorsqu'elles rejoignent la surface du liquide. J'adore votre cognac ! Il a un goût si spécial : un goût de réglisse, de pêche et de violette. Ce serait un crime d'arrêter de boire cette merveille.

C'est vrai qu'il était bon, le cognac Berthier.

Je n'avais jamais eu l'occasion d'y goûter. Pourtant, chaque année à Noël, nous recevions de la famille l'incontournable corbeille en guise de cadeau. Il y avait là une bouteille de cognac XO, une autre de pineau blanc, des chocolats au cognac et quelques fruits confits disposés dans un joli panier en osier recouvert d'un papier transparent.

"Ici, nous détestons le cognac", faisait systématiquement ma mère d'un air dégoûté tout en se débarrassant de ladite corbeille entre les bras de la femme de ménage. Celle-ci, en échange, nous ramenait du porto du Portugal. Et c'est comme ça qu'à Noël, nous buvions toujours du porto.

La cérémonie fut à la hauteur de mes espérances.

Les pompes funèbres, vers seize heures, embarquèrent tata dans le corbillard. Quant à nous, nous suivîmes poussivement, chacun dans notre voiture. Je convoyais le vieux notaire qui s'endormit vautré sur le tableau de bord tellement il avait apprécié le cognac Berthier.

Moi aussi je lui avais fait honneur : sept verres à moi tout seul. Mais, j'étais tranquille, on n'était pas à Paris, jamais les gendarmes n'auraient le mauvais goût de passer à l'alcootest un cortège funèbre charentais.

Au cimetière nous attendait le cousin qui tenait précautionneusement par le bras une très vieille dame alors qu'on l'extirpait d'un taxi. Je la reconnus immédiatement à ses yeux bleus de husky qui me faisaient si peur quand j'étais enfant : Annabelle Berthier, seconde femme de mon grand-père. La Créature, comme la surnommait ma mère, qui devait allègrement frôler les quatre-vingt-dix ans.

Arrivée à ma hauteur, elle me dévisagea de manière insistante tout en affichant la moue méfiante de celle à qui l'on tente de fourguer un poisson pas frais.

– Vous êtes qui, vous ? Un pique-assiette ? finit-elle par dire.

– Leibowitz. Christophe Leibowitz-Berthier.

– Notre cousin Leibowitz est avocat à Paris, renchérit François, gêné par l'attitude peu amène de sa grand-mère.

– Ah oui, je me disais bien… Leibowitz… C'est vrai que votre mère a épousé un youpin ! Elle est où, d'ailleurs, celle-là ?

– Décédée.

– Elle aussi. Décidément ! Qu'est-ce que j'ai fait au bon Dieu pour traîner mon chagrin de cimetière en cimetière ? Enfin ! J'ai poussé Valérie à faire du cognac casher, mais elle n'a jamais voulu. Remarquez, c'est compliqué de vivre avec ce type-là, le rabbin, assis dans votre cuisine toute l'année à psalmodier en se frappant la tête avec une planche… Mais pour ceux qui supportent, ça rapporte le casher… Enfin, vous connaissez tout ça !

– Je ne suis pas vraiment juif.

– Ah bon ? De toute manière, maintenant on vend aux Africains, alors…

– Aux Afro-Américains, mamie. Steven est Afro-Américain !

– Oui… Oui… Steven. Vous avez des enfants au moins ?

– Non.

– Une vieille fille, un inverti et un don Juan : quelle pitié ! Il ne restera bientôt plus de cette famille qu'une tombe abandonnée dans ce cimetière.

Puis, secouant le bras de mon cousin pour que celui-ci reprenne sa route vers l'emplacement de la tombe de ma tante :

– Allez… allons l'admirer, ton Steven, et qu'on en finisse, ordonna-t-elle à son petit-fils.

Je ne pourrais pas dire où était le spectacle : autour de la tombe ou sur les visages figés dans la stupéfaction qu'affichaient les proches de tante Marguerite.

Le danseur noir se mit à "illustrer corporellement" un texte inintelligible, pompé, semblait-il, sur Marguerite Duras, que François lut à haute voix :

"... *Une douleur innommable faute d'un mot, un mot absent, un mot trou, creusé en son centre d'un trou, de ce trou où tous les mots auraient été enterrés...*"

À chaque fois que le mot "trou" était prononcé, le danseur bondissait gracieusement par-dessus celui dans lequel gisait tata.

Lorsqu'il cessa de s'agiter, il poussa un cri déchirant qui nous fit tous sursauter pour s'abattre au sol, prostré, puis il se releva comme si de rien n'était tout en époussetant sa tenue.

C'était fini.

Le vieux cantonnier qui m'avait tantôt annoncé le spectacle avait gardé la bouche ouverte bien que tout fût terminé. Son regard était vide de toute expression. À l'instar des autres participants, son cerveau patinait à la recherche d'une quelconque référence qui lui aurait permis d'émettre une opinion sur ce qu'il venait de voir ; en vain.

– Bravo ! m'écriai-je en applaudissant à tout rompre.

Tous les regards se tournèrent vers moi. Vu la tête que tout le monde tirait, au moins en ce qui concernait mon intervention les choses étaient claires : j'étais totalement à côté de la plaque.

La famille et les proches se dispersèrent, et après que François eut ramené la vieille Annabelle à son taxi et son beau fiancé à sa voiture, nous nous retrouvâmes à la propriété tous les quatre, mes cousins, mon oncle et moi-même. Et vu qu'on avait quelque chose d'important à me dire, on insista pour me garder à dîner.

Après les banalités d'usage sur le gigot, après les sempiternelles réflexions idiotes – comment-fais-tu-pour-défendre-les-pédophiles-moi-je-ne-pourrais-pas – sur mon métier d'avocat, la discussion s'orienta, ainsi que le notaire me l'avait prédit, sur mon statut d'associé.

C'est Valérie qui ouvrit le jeu :

– Tu t'y connais en cognac ?

– Absolument pas ! avouai-je.

– Mamie m'a raconté que quand tu étais petit, les rares fois où l'on t'a emmené ici, tu passais des heures debout à contempler l'alambic. Un jour, on t'a retrouvé par terre complètement soûl parce que tu avais goûté à l'eau-de-vie à 70 degrés. Tu devais avoir quatre ans, tu t'en souviens ?

– Vaguement, mentis-je.

– Je te ferai un petit cours de distillation si ça t'intéresse.

– Elle a un numéro ultra-rodé, tu vas voir. L'été, maman et elle recevaient jusqu'à six cars de retraités par jour, renchérit François.

– À vingt-cinq euros le VSOP et cinquante le XO ; comme les touristes me prennent en moyenne deux bouteilles chacun, ça nous était déjà arrivé de faire dix mille euros dans la journée, mais je dois dire que nous étions crevées !

– Quelle horreur, tous ces vieux qui s'emmerdent ! fit le cousin frissonnant de dégoût. Est-ce que vous vous rendez compte qu'il y a plus d'un million d'enseignants actifs aujourd'hui ? Vous imaginez tous ces profs désœuvrés qui viendront s'extasier par cars entiers sur L'ALAMBIC CHARENTAIS. Ça fait froid dans le dos ! Et je ne parle pas des autres, de tous les autres. Des armées entières de retraités chaussés de semelles de crêpes qui battront le pavé…

– À table ! cria tout à coup l'oncle Étienne qui était resté jusque-là silencieux.

– On est à table, papa, rappela Valérie avec patience. Dis-moi, Christophe, quand tu auras réglé tes problèmes de succession avec le notaire, il te rédigera un pouvoir pour que je n'aie pas à te déranger chaque fois qu'il y a un papier à signer.

– Je ne voyais vraiment pas le métier de producteur de cognac comme ça, fis-je, sincère.

– C'est d'ailleurs pour ça que je suis chorégraphe et pas bouilleur de cru, renchérit François.

– La vente au particulier, c'est ce qu'il y a de plus sympa. Ces gens s'intéressent vraiment à ce qu'on fait, alors on essaye de leur parler de notre métier le mieux qu'on peut. Sinon, principalement, nous produisons des eaux-de-vie pour les négociants qui vendent sous leurs marques des cochonneries pour le marché américain.

François se leva pour chercher ce qui semblait être un DVD de communication institutionnelle dans le meuble sur lequel la télé avait tout naturellement repris la place qu'occupait le cercueil de tata.

– *Yak* ? Ça veut dire quoi, "Yak" ? demandai-je tout en maniant le DVD avec curiosité.

– C'est comme ça que les Américains appellent le cognac ! précisa Valérie avec une moue de dégoût.

– On aurait pu intituler ce truc *"L'épopée du cognac ou comment le hip-hop a sauvé la Charente de la ruine"*... La moitié de ce qui est distillé dans la région part aux États-Unis, et là-bas, c'est les Afro-Américains qui en consomment plus de quatre-vingt-dix pour cent. Dans ce DVD, tu as au moins une cinquantaine de raps qui parlent de cognac : 50 Cent, Jay-Z et bien sûr Tupac Shakur. *"Stupid bitch standing there while I'm drinking my hen"*, fredonna François. Tu verras, t'as même un rappeur qui s'appelle Remy Martin.

– C'est dans ce disque qu'il y a le type avec ce nom ridicule, Pouf Daddy ? demanda Valérie.

– Pas Pouf Daddy, Puff Daddy, et d'ailleurs, depuis qu'il a été blanchi pour une histoire de complicité de meurtre en 2001, il veut qu'on l'appelle P. Diddy, corrigea François.

– Ah, il veut… c'est super ! J'ai déjà essayé de regarder ce DVD, j'ai tenu cinq minutes. Tu vois une bande d'abrutis avec des chaînes en or et des filles à moitié nues enduites d'huile qui boivent notre alcool dans des flûtes à champagne… Je me demande vraiment à qui ça peut plaire. Et puis, tu n'imagines pas ce qu'on leur vend : de l'Hpnotiq ou de l'Alizé. Des machins aux couleurs radioactives à base de cognac mélangé avec du jus de fruits.

– *"The fruit is fresh, the spirit french, the result is magnifique"*, scande François avec des intonations de pub radio.

Oncle Étienne, que cette atmosphère musicale avait soudain égayé, fredonna, on ne savait trop pourquoi, *"Mon Dieu, que la montagne est belle"* de Jean Ferrat.

– Tu m'excuses, Christophe, mais il faut que je le couche ! Allez, on y va papa, fit Valérie à son père qui la regardait comme s'il la voyait pour la première fois.

– Et moi, je vais rejoindre Steven à l'hôtel.

– Tu aurais pu rester au moins ce soir…

– Je te signale qu'il est venu exprès pour l'enterrement de maman et que tu ne l'as même pas salué.

Valérie poussa un long soupir tout en levant son père de la chaise.

– Je serai là demain, pour le petit-déjeuner, lui souffla mon cousin en l'embrassant.

Quant à moi, comme je n'avais pas sommeil, je restai dans le salon. Désœuvré, je mis en marche le DVD. Je voyais d'ici la tête qu'avaient dû tirer les bons producteurs charentais lorsque les négociants leur avaient projeté ce film pour leur montrer où partait leur production.

Alors que P. Diddy égrenait debout sur un yacht qui valait le PIB d'un pays du tiers-monde les paroles de son refrain…

Give me the Henny, you can give me the Cris
You can pass me the Remy, but pass the Courvoisier
Give me the ass, you could give me the dough.
You can give me 'dro, but pass the Courvoisier
Yeah, yeah, yeah, just pass the Courvoisier.

… mon esprit vagabondait.

Valérie avait ce défaut qu'ont les honnêtes filles de province de prêter d'inquiétantes apparences de péché à tout ce qui sortait de l'ordinaire. Bon, c'est vrai que ces gangstas avec leurs dégaines d'assassin mettaient la barre très haut, mais c'était oublier que chaque époque avait eu son lot de groupes donnant dans la provo. J'étais forcé de déceler dans son comportement un certain écho au racisme ambiant.

Quand j'étais jeune, on avait les punks qui chiaient sur la société en buvant de la Valstar et personne ne trouvait à y redire… Maintenant que les rappeurs faisaient la même chose en buvant du cognac, tout le monde s'en offusquait et cela simplement parce qu'ils étaient noirs et qu'ils osaient s'approprier des signes de prospérité de blancs. Pourtant, je leur trouvais nettement plus de panache que les rats maigres et malades de la fin des années 70.

Aight, new drink
One part of Alize one part Cristal
Thugs passion baby
Y'all know what time it is
The drink is guaranteed
To get the pussy wet and the dick hard
Now if ya with me
Pour a glass and drink with a nigga

Et je me disais que ça me plaisait bien tout ça… cette mise en scène de produits de luxe d'une ahurissante vulgarité. C'était ce qu'avaient voulu les marques après tout : vendre un rêve standardisé au plus grand nombre. Eh bien, à voir ces clips dégoulinant d'argent facile et de violence, on se disait que l'opération marketing avait dépassé toutes leurs espérances.

Alors que ces aphorismes de chiottes mis en rime défilaient un à un dans mon esprit obscurci par la fatigue, j'eus tout à coup une révélation ; un truc énorme qui s'abattit sur moi.

Avec leurs histoires de dealers prospères, de braqueurs flamboyants et d'élégants proxos, ces rappeurs américains racontaient la manière de s'offrir la belle vie grâce à l'argent malhonnêtement gagné. Mais ce discours de *hustler*, de bicraveur, je l'entendais tous les jours dans mon métier.

Tous ces jeunes que je défendais, qui considéraient que travailler n'était bon que pour les bouffons, alors qu'ils trimaient comme des fous sans s'en rendre compte, sur la brèche vingt heures par jour à livrer leur shit ou leur coke, accrochés à leur téléphone portable pour réceptionner leur livraison ou fliquer leur dealer : la *Thug Life* comme l'appelaient les rappeurs américains… ces types, pour qui posséder, c'était être quelqu'un et n'avoir rien, être une merde, qui claquaient leur argent dans des Lacoste, des Nike et des Porsche Cayenne… ces mecs-là, ils allaient acheter un cognac que Leibowitz le bouilleur de cru ne ferait que pour eux. Une boisson qui leur certifierait qu'ils avaient des couilles et qu'ils étaient vraiment des méchants.

Qu'est-ce que j'étais inspiré ce soir-là…

J'en ai profité pour me pinter avec notre meilleure production tout en rédigeant une putain d'ode à Kafhar.

Le 26 décembre, deux heures du matin.

C'est un moment trop… TROP chouette !

Je ne me soûle pas. Ah ça non ! Je déguste MON cognac.

Un truc de riche qui fait durcir la queue et mouiller les gonzesses.

Je bois à la réussite de la marque de cognac pour gangstas français que je vais créer grâce à mon carnet d'adresses au pays des dealers.

Je bois à la fin de cet état de torpeur indéfinissable dans lequel je me croyais irrémédiablement plongé : je vais devenir un type entreprenant.

Je bois à ce clip que je viens de voir sur MTV, une forme de signe envoyé par Dieu : un petit bourgeois blanc, en transe, dodeline de la tête en écoutant du rap, les écouteurs de son MP3 vissés sur les oreilles. Alors qu'il est mentalement tétanisé par LA vérité que distille un rappeur noir, véritable arbre de Noël enguirlandé de chaînes en or, une bande de gangstas ratatinent son père et violent sa mère en arrière-plan. À la fin du clip, après avoir pissé sur la baraque les litres de cognac qu'ils viennent de s'avaler, les membres de la bande s'engouffrent dans une Mercedes CLK décapotable à quatre-vingt-quinze mille euros.

La même que la mienne.

Comme il n'y aurait jamais eu de bon moment pour larguer mon missile au sein de la famille Berthier, je choisis de cueillir mes cousins à froid, autour de la table du petit-déjeuner.

– Écoute, Valérie, j'ai beaucoup réfléchi cette nuit. En fait, je ne signerai pas le mandat de gestion que tu m'as demandé, car j'ai décidé de me consacrer moi aussi au devenir des cognacs Berthier.

Sans qu'elle dise rien, je lus dans son regard toutes les déclinaisons du malheur féminin : une fille au charme amer des abonnées au célibat, flanquée d'un père alzheimer encore jeune et d'un frère démissionnaire, voyant qu'on allait lui retirer la seule chose qui donne un sens à sa vie.

Des larmes coulèrent sur son visage sans qu'un son ne dépasse sa gorge. Bien que je déteste souverainement les filles qui pleurent, je tentai de la réconforter :

– Rien ne changera ! Tu continueras à t'occuper de l'exploitation et à faire la retape de ton cognac aux vieux. Ce qui m'intéresse, moi, c'est la part des eaux-de-vie que vous vendez aux négociants et qu'ils commercialisent sous leur marque.

François, l'air grave, sortit de son mutisme.

– Déjà que ça n'est pas brillant, que Valérie se tue à la tâche en réussissant à peine à amortir les frais d'exploitation… Si on ne vend plus nos eaux-de-vie aux négociants, on n'a plus qu'à mettre la clé sous la porte. Ils voient déjà d'un très mauvais œil les producteurs qui commercialisent une part de leur cognac eux-mêmes. Alors, si nous dénonçons le contrat qui nous lie à eux, ne serait-ce que pour un an, le temps d'essayer de voler de nos propres ailes, ils se vengeront l'année suivante et nous resterons avec notre récolte sur les bras. Le cognac n'est pas à la mode en France et sans la vente à l'étranger on est morts.

– Alors, c'est le cognac Berthier que nous commencerons par commercialiser et ça marchera tellement bien qu'on reprendra notre indépendance. Avec mon idée, le cognac deviendra la boisson la plus branchée qu'on puisse imaginer. La boisson d'un courant musical nouveau : le gangsta français.

J'exposai mon projet et, contre toute attente, j'éveillai chez au moins un de mes interlocuteurs un certain intérêt.

– C'est quoi, un gangsta français ? demanda François, intrigué.

– Un barbare urbain qui ne s'intéresse qu'au fric et au cul. Le plus fier et le plus moderne représentant des valeurs ultralibérales en France. Ça va faire un tabac ! Fini les mecs misérables qui chantent les flics, l'exclusion et l'inscription sur les listes électorales. Les frangines en survêt qui s'agitent derrière, sur fond de parkings ou de cités pourries. Non, dans mon rap, on verra des types sapés comme des princes avec des Rolex à dix mille euros qui égrèneront leurs rimes du haut de leur terrasse à Neuilly, un verre de cognac à la main, une pute se trémoussant au bout de leur queue.

– Tu vas écrire du rap, alors ? fit Valérie que cette assertion avait remise de bonne humeur.

– Ouais, moi ou un autre, on verra. Ce que je veux mettre en œuvre, c'est un rap prescripteur, comme chez les Américains.

– Et tu vas chanter aussi ?

– Non, je vais trouver dans mes dossiers des jeunes qui feront très bien l'affaire. Des types qui ont tous des casiers bien chargés, des casiers à faire kiffer les ados débiles dont la seule idée est de provoquer leurs parents.

François m'écoutait avec intérêt.

– C'est pas si con, son truc. Moi, je suis partant, je me vois très bien mettre en scène un clip. En plus, Steven connaît plein de gens à MTV.

– Quoi ? cria Valérie, qui n'avait plus du tout envie de rire.

– C'est vrai, j'en ai marre de te voir faire l'animatrice de club du troisième âge pour vendre tes putains de bouteilles. Que ça ait plu à maman de faire le pitre pour amuser les vieux, passe encore, mais que toi tu mettes ta vie en l'air pour sauver cette propriété dont plus personne n'a rien à foutre, c'est hors de question.

– Mais moi, j'en ai à foutre ! Ces vignes sont dans la famille de maman depuis le XVe siècle… Je les aime. Je ne partirai jamais d'ici !

– Et qui va payer les droits de succession sur la part de maman, hein ? T'y as pensé, à ça ? Moi, bien sûr ! Et quand mamie mourra, qui va payer ? Cette exploitation ne dégage pas un rond.

– Ce n'est pas vrai, avec maman, nous…

– Arrête ! Tu t'accroches à un truc qui n'a plus d'avenir. À ce train-là, les cognacs Berthier deviendront chinois et toi, tu trimeras comme salariée pour des gens à qui tu ne serrerais même pas la main si t'en avais le choix.

– Moi, je peux payer, je suis riche*, fis-je, solennel.

Et c'est là-dessus que je quittai la Charente, le coffre de ma bagnole rempli à ras bord de bouteilles.

---

* Voir *Commis d'office.*

3

Sitôt arrivé à Paris, je constatai avec satisfaction que Kafhar avait tenu sa promesse en m'envoyant sans autre forme de procès mes deux certificats médicaux. Je mis ces justificatifs dans une enveloppe destinée à mon agent de probation, puis m'attelai à mon projet sans attendre.

Il me fallait trouver dans mes dossiers des types avec un air suffisamment cruel pour être crédibles en gangsta.

Mes pensées se dirigèrent immédiatement vers Nelson Pereira, le chef de la bande des Orteaux, le seul voyou noir que je connaissais bien.

L'air cruel, il l'avait sans conteste : sur ses traits se mêlaient la crânerie, la méchanceté et une espèce de scepticisme gouailleur propre aux gamins qui se sont faits tout seuls dans les rues de Paris. En plus il était grand et beau garçon, ce qui ne gâtait rien.

Malheureusement c'était une personne peu fiable et sans parole, derrière laquelle je passais mon temps à courir pour récupérer mes honoraires. J'aurais dû le jeter mille fois, mais, quoiqu'il fût à peine âgé de vingt-cinq ans, il était mon client depuis au moins dix ans. J'avais vu s'épanouir cette mauvaise graine dans le sol du square de la Roquette, l'endroit où j'allais régulièrement récupérer l'argent qu'il me devait, et à force, je m'étais habitué à lui.

Je venais de le sortir de manière spectaculaire de prison et son ardoise était plus longue que jamais.

Il existait dans le droit pénal une infinité de sous-spécialités.

L'avocat qui faisait dans le noich (chinois) : atelier clandestin, service d'hygiène, règlement de comptes, émigration... n'était pas le même par exemple que celui qui faisait dans le cul : tapin, proxo, bar à hôtesses, sex-shop, vidéo pédophile...

C'est par l'entremise de Pereira que j'avais commencé dans le renoi (noir) : trafic de shit, cambriolage, rébellion, réunion dans les cages d'escaliers, usurpation d'identité, vol de scooter, *car-jacking*...

Parce qu'il était extrêmement mobile et rusé, personne, lorsqu'il s'agissait de décrire ce petit con, ne s'en souvenait jamais. Ce côté brouillé lui avait permis d'asseoir son trafic sur une trentaine de garçons plus ou moins sympathiques, tous d'origine africaine, tous copains de classe ou de centre aéré, dont l'âge s'étalait de treize à vingt-cinq ans. Ce petit monde approvisionnait en shit le troupeau roots (eh, *man*, tu es mon ami) stagnant à partir de dix-huit heures de Bastille à Stalingrad, un verre de bière à la main, un air de Vincent Delerm à la bouche. Bref, des bobos trop respectueux des lois pour se fournir au kilo dans les cités, mais pas suffisamment pour s'abstenir de fumer.

Debout à sept heures, bravant l'hypocrisie des pouvoirs publics qui préféraient les voir se geler les miches en plein hiver dans le cadre d'un emploi-solidarité inepte et sous-payé, ces jeunes blacks fournissaient sans relâche la part parisienne (XXe, XIe arrondissements) des 10,9 millions d'expérimentateurs, des 4,2 millions de fumeurs occasionnels et des 850 000 fumeurs réguliers de shit français – c'est dire s'ils bossaient.

Le scénario était toujours le même : Mahmadou, Mohamadou, Mahamoudou, Mamadi... se faisaient serrer périodiquement lorsque les flics du quartier se prenaient un coup de sang.

L'opération de nettoyage était imparable. Elle consistait à piéger les bobos avec du shit dans les poches puis à les faire chier dans leur froc pour qu'ils balancent leurs dealers.

Ces derniers disparaissaient alors en détention provisoire pour un bout de temps. Puis, après s'être fait interroger une fois l'an par un juge d'instruction très peu motivé et débordé :

– Vous vendez du shit ?
– Oui.
– À qui ?
– Aux types qui en veulent.
– Qui vous fournit ?
– Y s'fait appeler Momo. J'sais pas son nom.
– Et où il habite, ce Momo ?
– J'sais pas. On se voit dehors.
– Où ?
– Ça dépend. Dans la rue.

... On les jugeait. Ils refaisaient un peu de taule pour la forme puis ils sortaient, pris en charge par des éducateurs. Ils reprenaient ensuite leur place comme si de rien n'était dans cette immense entité au visage noir que le bobo continuerait d'appeler "mon dealer" au même titre que la bourgeoise du XVIe disait "mon traiteur" ou "mon boucher".

Cette clientèle était une niche à part entière en ce qu'elle nécessitait une spécialisation pointue. Il y avait mille numéros de portables qui changeaient sans arrêt. Des arrestations tous les jours de la semaine, dimanche et jours fériés compris. Des interlocuteurs toujours différents et peu reconnaissables qui portaient pratiquement tous le même nom – en six mois un enfant pouvait se transformer en gaillard d'un mètre quatre-vingts pour quatre-vingts kilos. Des liens de parenté et des appartenances territoriales à connaître avec précision :

– Abdé de Gabriel Péri, il m'a dit que c'est son cousin qui allait payer pour ton frère…

– Non, c'est Ben Sidy finalement ; ils l'ont pas gardé aux Orteaux.

– Donc, c'est Ben Sidy qui me paye ?

– À midi à Voltaire. C'est le petit Moussa qui viendra avec la tune.

– Ok, ça roule.

Et surtout un système d'intelligence collective qui faisait que si on en mécontentait un, on les perdait tous.

Alors que les flics étaient à grand-peine parvenus à coincer Pereira, la juge d'instruction l'avait à ce point oublié en détention provisoire qu'elle en avait omis de renouveler son mandat de dépôt.

Face à mes cris d'orfraie, elle avait été bien obligée de le sortir. Pour quatorze kilos de shit et un passé de trafiquant de stups professionnel, quatre mois de préventive alors que d'autres y croupissent un an pour quatre cents grammes ; quelle magnanimité ! Et quelle mauvaise note sur son petit carnet de magistrat ; une croix bien moche comme une grosse araignée noire dans la colonne "insuffisant". Comme ça n'est pas bien d'être imbue de son infaillibilité… Bien fait !

Ça serait bien le diable si je ne trouve pas au milieu de tous ces jeunes noirs pleins de santé un mec avec un beau casier qui puisse jouer les rappeurs dans un clip, me disais-je tout en composant le numéro de Pereira pour le convoquer à mon cabinet.

En attendant, il me fallait mettre un peu de beurre dans les épinards. J'avais dit à mes cousins que j'étais riche, mais en vérité, il ne me restait plus un sou vaillant, tout ayant été englouti dans mon joli cabinet boulevard Saint-Germain.

Pour payer les droits de succession sur ma part des cognacs Berthier et jouir d'un peu de trésorerie pour réaliser des investissements, je devais donc l'hypothéquer. Je le fis sans regret, avec au cœur l'exaltation de celui qui entraperçoit enfin l'issue de son cloaque.

Je prenais donc à nouveau tous les boulots qui se présentaient, histoire de me dégoûter un peu plus de ce métier responsable de mes cauchemars. Bien qu'il n'y ait soi-disant aucun dossier merdique, il y en avait tout de même des particulièrement à chier.

Je devais plaider un viol correctionnalisé. L'histoire était classique et la plaidoirie ultra-rodée, je m'y suis donc rendu les mains dans les poches.

Soit une fille, mineure, amoureuse raide d'un type pour qui elle était prête à se jeter du haut d'une falaise.

Soit le type en question, imbibé de milliers d'heures de pornos, qui lui avait déjà fait subir quantité d'outrages olympiques.

Soit mon client, le bon copain du type en question, un brave garçon à qui l'on a vanté les qualités de *throat-fuckeuse* de la fille au point de la lui prêter afin qu'il l'essaye.

Bref, une banale histoire d'amitié entre mecs.

Après avoir avalé, bonne fille, la bite de mon client jusqu'à la garde dans une cabine de la piscine du Raincy avec son petit ami qui tenait la porte tout en photographiant la scène avec son téléphone portable, la pauvre gamine avait fini par se dire que tout cela ne sentait pas vraiment l'amour et avait porté plainte (contre mon client mais pas contre son fiancé) pour viol.

J'avais mis mon copain Bertrand sur l'affaire pour moins m'ennuyer à l'audience : il défendait le fameux fiancé que le parquet avait finalement poursuivi pour complicité, évidemment contre la volonté de la fille qui en confrontation avait beuglé : “Mais je l'aiiiiiiime !”

Une histoire qui se solderait par deux ans avec sursis plus la couverture des six mois de détention provisoire de mon client – une audience où on allait s'emmerder ferme.

Mais rien ne se passa comme prévu.

Les deux prévenus décidèrent en dernière minute de nier malgré tout ce qui avait été dit en instruction. Leur alibi, vachement finaud, tenait sur un supposé étron qui aurait flotté, cet après-midi-là, au milieu du bassin, contraignant la direction à fermer l'établissement. Bref : "C'est pas nous, d'ailleurs, on n'y était pas ce jour-là, vu qu'il y avait de la merde dans la piscine, vous n'avez qu'à vérifier."

Pieds et poings liés, Bertrand et moi nous devions donc plaider cette nouvelle version des faits et on leur en voulait à mort.

Celle qui représentait la partie civile était haïssable. Une avocate sans talent ni passion comme il en existait beaucoup. Elle avait choisi d'être le conseil attitré d'une association qui défendait les droits des filles violées comme elle aurait pu représenter des actionnaires minoritaires ou une association de chasseurs. Une fille vénale, une boutiquière, qui défendait ses dossiers comme si les dommages et intérêts atterrissaient directement dans sa poche. Je la voyais très bien trouver le sommeil en comptant les victimes de viol : une violée – trois mille euros, deux violées – six mille euros, trois violées – neuf mille euros…

Quant au président du tribunal, il dormait, laissant la parole à son assesseur, une jeune magistrate vraisemblablement poussée dans la carrière par la contemplation excessive de *Femmes de loi* sur TF1 tant elle suintait la bêtise. Cette jeune idiote posait des questions tellement dénuées d'intelligence qu'on avait l'impression horrifiante que ce dossier captivant prendrait la journée.

Alors que mon client ânonnait des conneries depuis un temps infini, j'en profitai pour exposer tranquillement mon projet à mon ami Bertrand. Celui-ci écouta avec la même réserve qu'il me témoignait chaque fois que je lui formulais une nouvelle idée. "Si tu n'as pas pire à m'annoncer", sembla signifier toute son attitude.

– Il me faudrait un truand classique : genre trafiquant de stups, braqueur... Surtout pas un jeune qui se la joue racaille en brûlant une vague bagnole ou en insultant un flic. Non ! Je veux de la délinquance de cité qui a du panache sans être socialement trop réprouvée. Et noir ! J'insiste beaucoup là-dessus : je veux que mon délinquant soit noir.

– Et le viol, c'est pas porteur pour vendre du cognac ? chuchota-t-il tout en me montrant mon prévenu.

– J'ai dit socialement pas trop réprouvé ! Tu m'avais parlé un jour d'un mec, un rappeur...

– Diocounda Massani, alias Termite. Je crois qu'on l'appelle comme ça parce qu'il vivait dans une cave.

– Qu'est-ce qu'il a fait ?

– Il a tenté de reprendre la clientèle de stups de son frère Dialo quand celui-ci s'est fait incarcérer pour un règlement de comptes, mais ça a fini par merder et il s'est fait dénoncer. Et, voyant que je commençais à m'emballer : attention, c'est pas le beau black mannequin avec des gros bras tatoués comme on en voit dans les clips. Massani est à moitié difforme, genre le môme qu'on a laissé tomber dix fois par terre : des jambes tordues qui n'ont pas poussé, une gueule de raie...

– Maîtres, s'il vous plaît ! nous reprit l'idiote que notre bavardage commençait à exaspérer.

– Oui, madame le juge, nous décidions de qui de nous deux plaiderait en premier, mentit Bertrand sans même ciller avant de reprendre la conversation comme si rien ne s'était passé.

– Mais il fait du rap, ton type, ou pas ?

– Il n'a même pas été capable de fourguer sa coke sans se faire piquer, alors vendre des disques, franchement j'ai du mal à y croire. Mais bon, d'autres clients m'ont dit qu'ils en avaient entendu parler. Et ma première provision m'avait été réglée par une vague société, genre "Dommage Collatéral Records" ou "Total Destruction Records" ; un label qui devait loger dans la cave d'à côté… Cette boîte m'a versé mille cinq cents euros et puis plus rien. Je l'ai quand même défendu à l'audience parce que je suis un bon chrétien, mais maintenant je ne veux plus qu'on m'en parle.

– Je peux te succéder alors ?

– Et si tu arrives à me récupérer le paquet de fric qu'il me doit, je te remercie d'avance. Le problème, c'est qu'il est loin d'être dehors : il a pris sept ans et à ce jour, il n'en a effectué que trois.

– Mais il est peut-être sortable devant le juge de l'application des peines, avec un bon projet pour l'avenir… Du genre du mien, tu vois ?

– Mais putain, Christophe, tu ne vas jamais t'arrêter ? fit Bertrand en levant les yeux au ciel.

C'est là, après que la partie civile a bavé trois mots, que le procureur s'est levé pour requérir. Je n'y avais pas prêté attention au début de l'audience tant j'étais familier aux molles digressions d'usage sur le thème : "Image de la femme et ordre public" qu'aurait, comme toujours, égrené un parquetier sans relief.

Lorsque je le vis nous fixer du haut de son estrade comme un oiseau de proie, je compris immédiatement qu'on allait être cueillis à froid et s'en prendre plein la gueule.

Son visage alors qu'il s'apprêtait à prendre la parole ressemblait à une médaille frappée à la gloire de la répression : une tête de saint-cyrien, de beau-fils idéal. Le port majestueux, le profil racé, les joues légèrement rosies par une indignation de bon aloi, il nous évalua, nous et nos deux prévenus, avec le dédain d'une duchesse qui toise un cancrelat. Puis de sa bouche sortit un élixir, mélange de miel et de venin, qui envoûta le tribunal au point qu'il ne resta plus à l'esprit de ce dernier qu'une seule version de l'histoire. Quelque chose comme : "Il ne sera pas dit que dans une piscine du Raincy, la racaille puisse disgracier une pure jeune fille après avoir souillé de ses étrons le bassin dans lequel pataugent des contribuables et des enfants innocents."

Ça en avait même réveillé le président.

Résultat : deux ans fermes avec mandat de dépôt à l'audience.

À partir d'un tel tremblement de terre, aucune réplique ne nous fut épargnée. Nous avons été contraints d'expliquer à des parents consternés pourquoi leurs deux enfants, qui pourtant comparaissaient libres, se sont vus menotter et embarquer *manu militari* par les gendarmes devant tout le monde. Nous avons dû également nous taper la fausse commisération, du genre "manque de pot, les gars", de nos confrères présents dans la salle, ainsi que la mauvaise publicité qui allait avec.

C'est donc furieux contre mon manque de vigilance que je me précipitai au bureau pour ne pas manquer mon rendez-vous avec Pereira, qui, pour achever la journée en beauté, me posa un lapin.

4

À peine trois jours après notre conversation, je reçus la visite d'un des stagiaires de Bertrand qui m'apportait ce qui lui restait du dossier de Diocounda Massani archivé depuis longtemps.

Il m'avait fait une sélection d'écoutes téléphoniques qui prouvaient d'après lui que Termite était un sacré poète.

"Je suis allé en détention pour lui parler de ton projet, c'est presque effrayant de voir à quel point il a hâte de te rencontrer", avait-il griffonné sur un post-it.

Appel n° 312

Bornes actives : Fleury-Mérogis, Champigny.

Résumé : Termite se réjouit d'avoir trouvé un autre grossiste à moindre prix (le blond). Il reprendra ainsi la main sur le marché de Champigny et évincera du même coup son concurrent, ledit Biscotte.

Son frère Dialo, dubitatif, le met en garde contre la roublardise de son nouveau contact et lui conseille de ne pas lui donner l'argent (les lovés) d'avance.

Dialo : Wesh ma gueule !

Termite : C'est mort, là, c'est la récession.

Dialo : Allez…

Termite : Putain, y'a ce mec, là, Biscotte, il explose chez nous cinq par semaine… Je suis comme un malade, là. C'est mort de mort pour nous, je te dis, putain !

Dialo : Pourquoi est-ce qu'il vient nous faire chier au Bouwalab, ce fils de pute ? Qu'il fasse son biz avec les gens de chez lui…

Termite : Va baiser ta mère, ça se fait pas des choses comme ça que je lui ai dit. Mais il s'en bat les couilles, le mec. Qu'est-ce que tu crois. Je suis dégoûté. Mais bon, y'a le blond, là, de Franprix. Il a reçu de la dynamite.

Dialo : Tu parles du bédo ou de l'autre ?

Termite : De l'autre.

Dialo : De la merde.

Termite : Non, une fois elle était charclée grave et je lui ai dit. La fois d'après, il me l'a ramenée, elle était patate de chez patate !

Dialo : Tu lui as pris combien ?

Termite : Je lui ai dit huit... Huit, qu'il m'a dit ? Vas-y, on n'est pas des étrangers... Vas-y, que je lui ai dit à ce chien errant !

Dialo : Huit ! Sérieux ?

Termite : Ouais !

Dialo : Oh !

Termite : Ouais, huit ! Moitié à chrome, moitié pas, et pour le prix, c'est dégressif... Avec ça, c'est la culbute grave. Et Biscotte là, l'enculé, y fera plus rien. Les enclis, y seront là comme des oufs après lui : Biscotte, il est où, et tout... J'sais pas, j'leur dirai... Il fait le tapin ailleurs !

Dialo : Écoute... Fais gaffe, lui donne pas tous les lovés avant d'avoir le quetru sinon il va te la faire à l'envers.

Termite : Je vais l'avoir d'ici même pas une semaine. Et Biscotte, là, j'irai faire la bombe à sperme à sa mère.

Rires. Fin de la conversation.

Appel n° 345

Bornes activées : Fleury-Mérogis, place de la Nation, XIIe arrondissement, Paris.

Résumé : Termite ne trouve pas le point de rendez-vous que son grossiste (le blond) lui a fixé. Son frère Dialo s'inquiète de savoir si, malgré ses avertissements, il a payé d'avance la marchandise.

Dialo : T'y es ?

Termite : Pas encore.

Dialo : T'es où ?

Termite : L'adresse, j'sais pas. Je trouve pas, putain... Il a pas mis la ville !

Dialo : C'est quoi ?

Termite : 12, place Gabriel Péri.

Dialo : Et t'es où, là ?

Termite : À Nation.

Dialo : Tu lui as déjà donné les lovés ?

Termite : Je vais le trouver !

Dialo : Tu lui as donné les lovés ?

Termite : Je vais le trouver ou sinon je lui éclate sa bouche sur le mur à ce fils de pute et après j'vais mettre le feu à sa mère.

Dialo : Mais t'es complètement niqué de la tête, c'est pas possible...

Termite raccroche au nez de son frère.

Mais où les éducateurs puisaient-ils cet optimisme fanatique qui leur permettait d'extrapoler à partir d'un mec comme Termite un embryon de projet de réinsertion ? m'étais-je demandé sur le moment.

Bertrand avait joint aux écoutes son casier judiciaire. Y figuraient, en plus de sa condamnation à 7 ans pour stups, trois mentions :

– à 19 ans : conduite sans permis, refus d'obtempérer à une sommation de s'arrêter : 4 mois fermes avec mandat de dépôt ;

– à 21 ans : rébellion, violence sur un dépositaire de l'autorité publique : 10 mois fermes avec mandat de dépôt ;

– à 21 ans : destruction du bien d'autrui par substance explosive ou incendiaire : 10 mois fermes avec mandat de dépôt.

De la chair à correctionnelle : un gamin sans avenir comme on en rencontre trois par jour tout au long d'une carrière de pénaliste.

Toujours du ferme, jamais de cadeau.

Je fus dérangé dans mes réflexions par l'arrivée inopinée de Pereira et de quatre blacks de sa bande qui venaient, ô miracle, me donner un petit billet pour me faire patienter quant à l'énorme ardoise qu'ils avaient chez moi.

En entrant, ils croisèrent Eudes Poirier de Segonsac tandis que celui-ci attendait un de ses clients en lisant Léon Bloy d'un air grave dans la salle d'attente.

Je surpris son regard plein de sous-entendus qui suivait les cinq garçons s'engouffrant d'un pas chaloupé dans mon bureau. Alors que je m'apprêtais à leur emboîter le pas, il m'interpella avec des airs de conspirateur :

– Vous ai-je déjà parlé, cher confrère, de ma théorie anatomique du colonialisme ?

– Non, Eudes, ça m'aurait fait plaisir de l'entendre, mais là comme vous avez pu le constater, j'ai un rendez-vous…

– Voyez-vous, on a tort de dire aux petites filles qu'elles n'ont pas de phallus : elles en ont un… mais en dedans !

Et il accompagna son explication d'un geste qui consistait à joindre les deux mains au niveau du bassin et à les retourner d'un coup sec vers l'intérieur.

– Eudes, mes clients m'attendent…

– Un phallus… en dedans ! Si les petites filles en avaient enfin conscience, toutes ces féministes-là, ces crypto-gouines qui nous emmerdent, n'auraient plus aucune voix au chapitre.

– Eudes, je dois y aller là…

– Oui, je vous prie de m'excuser, je m'égare. De même, il est faux de dire que la France n'a plus de colonie. Elle en a : Montfermeil, Bobigny, Vénissieux, Mantes, Creil… Mais en dedans !

– Eudes…

– Des colonies, en dedans, psalmodia-t-il en mimant un sexe qu'on retournait dans le bas-ventre alors que je fermais tout doucement la porte de mon bureau.

– En dedans ! continua-t-il tout seul.

J'observai Pereira et ses quatre affidés se tortiller devant moi, leurs capuches de sweat vissées sur la tête, leurs jambes immenses étendues sous ma table : c'est fou à quel point ces jeunes étaient incapables d'astreindre leur corps nerveux à rester en place sur une chaise. Une vraie torture.

– Je vous ai attendu à mon cabinet, en vain, toute la soirée. En plus vous n'étiez pas joignable sur votre portable, fis-je à Pereira sur le ton du reproche.

– Quand j'viens pas comme ça, vous savez bien qu'il faut aller au square… Moi, j'avais un 'blème, mais au square, y'a toujours quelqu'un.

– Peut-être, sauf que j'en ai ma claque que les flics me prennent pour un acheteur. (Ricanements : visiblement j'avais dit un truc vachement drôle.) Surtout que c'est à vous, personnellement, que je voulais parler.

– J'ai que trois cents euros… On a eu un 'blème. Mais dans quinze jours, on a un truc, là… Dans quinze jours !

– Vous m'en devez trois mille.

Il déposa les trois cents euros en billets de vingt devant moi. Pour marquer mon mécontentement, je les laissai traîner sur la table tout le reste de l'entrevue, ce qui avait le don de les rendre extrêmement nerveux.

– Ce n'est pas pour ça que je voulais vous rencontrer. Je me demandais si par hasard vous connaîtriez quelqu'un dans votre entourage… qui fait du… comment dire… du rap.

Silence consterné. Échange de regards interrogateurs. Y aurait-il danger qui mériterait qu'on se calte aussi sec ? Ouais, mais d'un autre côté on a mis de la tune sur la table alors que c'est même pas pour ça qu'il voulait qu'on vienne.

Pourquoi un avocat s'intéresse-t-il à un rappeur ? Qu'est-ce qu'il a fait ? Et d'abord, pourquoi il nous demande ça, à nous ?

Y'a de la tune sur la table.

Si on se calte, là, qui de nous se jette dessus ? Qui ouvre la voie ?

Le rappeur, d'abord, qui c'est ?

– Quoi ? finit par marmonner Pereira d'une voix inaudible.

– C'est simple. J'ai une petite marque de cognac, là, et il lui faut de la pub. J'ai pensé à faire comme Courvoisier ou Henessy ; produire un rappeur qui rimerait un truc cool pour montrer à quel point c'est cool d'en boire. Une star créée de toutes pièces qui chanterait les textes des autres. Comme P. Diddy avec Notorious BIG, voyez ? Évidemment, ça serait mieux si le mec avait un casier ! Il y aurait des filles à poil et des belles caisses... Le type, il aurait des bling-bling énormes en diamant qui lui pendraient du cou, genre Uzi incrusté de pierreries... et une doudoune Chanel blanche avec du renard polaire. Et puis il irait sur son yacht de la côte d'Azur. Il serait là, à se la donner avec ses potes, à sniffer des rails de coke sur le dos de filles à quatre pattes... et surtout, il se pinterait la gueule avec mon truc.

Silence.

Putain, là, je les avais scotchés !

– Notorious BIG, il s'est fait buter, finit par articuler l'un des affidés de Pereira.

Puis ils se levèrent tous les cinq d'un magnifique mouvement commun et disparurent.

C'était pas gagné !

5

C'est à cette époque également que je me suis mis à fréquenter Joséphine Bulot. Cette fille pourtant aux antipodes de mon type de femme, à savoir la belle génisse de droite un peu crétine, m'avait salement accroché.

Joséphine était une des premières avocates qui s'étaient domiciliées à mon cabinet. D'un physique intéressant, de ce type de beauté d'arrière-saison, seconde chance que la vie offre parfois aux femmes, elle avait de grands yeux bleus excessivement globuleux et une immense bouche.

Elle avait tout lu, avait un avis sur tout et ne jouissait que de ce qui était très chiant.

Comme la mode régnait sur ses mœurs en despote implacable et obéi, elle m'initia à quantité de choses très parisiennes : du happening artistique chez l'habitant aux restos à la con où l'on ne mangeait que du potage en passant par les expositions de photos dans le noir et le cinéma d'auteur français.

– Bien sûr que je connais ton cousin ! Son travail tourne autour de la dichotomie posture-position. Et, devant mon regard totalement vide, elle poursuivit : tu as vu *L'Absence du rat* ? Évidemment, non ! Alors, c'est Laurence Duroy, tu sais l'écrivain… Couchée sur un sofa posé sur la scène, elle lit un extrait de *Palimpcestée*, son dernier roman, alors que la danseuse Albertine Thibault cherche par rapport au texte lu la posture juste qui générera son mouvement. Tu vois ? Posture, position… Posture, position… conclut-elle en appuyant ses propos par un séduisant déhanché.

C'était à chaque fois pareil lorsqu'elle dissertait d'un air infatué sur tel ou tel sujet. Je la contemplais dans une sorte d'extase dégoûtée et au bout d'un moment, lorsque, emportée par son discours, ses yeux se voilaient d'un regard intérieur, elle m'excitait comme si elle se branlait devant moi sans aucune retenue. Là, je n'avais évidemment plus qu'une envie, c'était de la sauter. De sentir son corps nerveux et froid de batracien s'agiter sous moi. Insatiable, mais se plaignant toujours que je lui faisais mal, elle m'inspirait des sensations inédites, entre sadisme et zoophilie, qui me faisaient triquer comme un âne.

Pour ne rien gâcher, Joséphine était profondément amorale ; de ce type d'amoralité si délicieusement de gauche qui consiste à ne se vêtir que de fringues à la fois trouées et hors de prix ou à fêter les victoires du peuple dans des restos chics et chers.

En résumé, elle avait tous les défauts du monde, mais comme nous partagions le même mauvais esprit, nous nous amusions beaucoup. Et ce qui n'aurait dû être qu'un plan cul s'enracinait depuis presque un an déjà dans nos névroses communes.

Je me souvenais très bien du soir où je lui avais parlé pour la première fois des cognacs Berthier. Elle m'avait pris de haut alors que je pensais que ça allait la distraire.

Ça m'avait énervé et on s'était disputés.

C'était le 31 décembre. J'avais apporté plein de bonnes choses à manger ainsi qu'une bouteille de pineau des Charentes et une de Berthier XO pour glisser joyeusement dans l'année nouvelle. Alors que je sortais un à un mes petits paquets avec délectation, elle me fit comprendre d'un air las que moi et mes envies de plouc, nous étions de trop.

Mon intrusion la dérangeait, certes, mais pas jusqu'à lui faire perdre l'envie de pontifier sur le sujet qui m'occupait.

Pendant que je me servais tristement un verre de cognac en dépiautant en solitaire ma part de gibelotte, elle pointa du doigt certaines évidences concernant mon nouveau métier de négociant.

Dans le domaine bien particulier du luxe, qui s'étendait de la fringue à la crème de beauté en passant par… le cognac, la marque que je choisirais aurait un rôle fondamental ; un rôle de certification et de réassurance dans l'esprit de celui qui la consommerait en ce qu'elle lui garantissait qu'il était à la fois un type class' et dans le mouv'. Elle devait donc définir, non pas un produit, mais tout un univers, et posséder une forte charge narrative de façon à faire oublier qu'on achetait souvent un bidule pas unique du tout, fabriqué à la chaîne par des gens sous-payés qui n'avaient rien de class'.

– Pour enraciner l'idée que ton cognac est à la fois cher et indispensable, il faut flatter ton client par rapport à l'excellence de son choix. Ça donne des accroches du style : *apprécier machin, c'est entrer dans le petit groupe de ceux qui savent que le vrai raffinement réside dans la perfection…*

– J'ai compris : *le cognac Berthier, c'est tout un univers !*

– Déjà, l'univers Berthier, tu oublies ! Regarde ta bouteille… Tout : son nom, son étiquette et sa forme ne suggèrent rien de moins que ta bouseuse de cousine arpentant des hangars glaciaux en doudoune Carrefour et bottes en caoutchouc.

– Ma cousine n'est pas comme ça, mentis-je, surpris par mon soudain esprit de famille.

– Par exemple, ton cognac, c'est une boisson qui est longue à produire… Tu t'appuies là-dessus : *de nombreuses années sont nécessaires à sa maturation dans des chais de prestige avec une attention soutenue*, etc., etc. Des types avec des tabliers en cuir Hermès et des lunettes en écaille qui consultent un thermomètre dans une ambiance sépia. Ce genre-là, tu vois ?

– Tu n'as rien compris à mon concept ! Je veux un univers qui soit celui de l'ultraviolence, du porno, des armes à feu, de la prison, du fric et de la drogue !

– C'est juste con et cynique.

– C'est le monde qui est con et cynique, pas moi ! Qu'est-ce que tu penses de *Techa, le cognac qui a de la chatte*… Ou 357, comme le .357 Magnum.

Elle leva les yeux au ciel.

– TNT, Nitro, Scud ? Scud, c'est pas mal. Ça fait conflit israélo-arabe à mort. C'est ultra tendance. Et tu communiques sur une bouteille de cristal en forme d'ogive.

– Toute ta démarche est résolument conne et cynique.

Je m'échauffai :

– Y'a aussi les armes de poing qu'on trouve dans les braquages, les semi-automatiques, le HK P7, le Star 31, le Glock 17… Glock City ? Glock City Yak. Des pubs avec des braqueurs qui prendraient la pose devant d'énormes 4×4 aux vitres teintées, une arme dans une main, un verre de cognac dans l'autre…

– Je crois qu'on a tous besoin d'un peu de calme, là, me fit-elle sur un ton posé d'infirmière psychiatrique tout en me poussant adroitement vers la sortie.

– *À Glock City, tu tizes, tu bicraves et tu niques… Wesh gros !*

Et sa porte se referma lentement sur mon nez.

Le 31 décembre, minuit.

Bonne année, docteur Kafhar !

Dites-moi, vous qui êtes la clairvoyance même, à aucun moment lors de notre unique rencontre vous ne m'avez senti con et cynique, n'est-ce pas ?

Spirituel, oui ! Caustique, acerbe, saumâtre, intempestif... limite odieux... branleur même... mais pas cynique, et encore moins con.

Alors expliquez-moi pourquoi je ne suis pas là à sauter ma nana sur le plan de travail de la cuisine, au milieu des coupes vides et des épluchures du repas qu'elle m'aurait amoureusement préparé ? Au lieu de ça, je me suis fait frapper le bout de la bite parce que ce serait faire preuve de connerie et de cynisme que de plaisanter sur notre société qui érige en culte l'adoration des marques et la consommation.

Dans le même ordre d'idées, je me souviens d'avoir plaidé un jour pour deux car-jackers, deux frères qui avaient menacé un conducteur d'un fusil à canon scié pour le faire descendre de son 4×4 Mercedes classe GL de luxe tout neuf à quatre-vingt-cinq mille euros. Il ne s'agissait pas de pros qui ne volent que les voitures qu'on leur commande... Non, juste deux jeunes braqueurs qui piquent ce qui est cher et attrayant. J'avais montré au tribunal, preuve à l'appui, que sur l'échangeur d'autoroute sur lequel donnait leur cité miteuse, on pouvait voir une publicité en quatre par trois représentant cette même voiture traversant à gué une rivière de diamants : "À bord de son élégant habitacle, vous vous sentirez immédiatement chez vous."

Pourquoi de telles publicités dans de tels endroits, puisque aucun de ces jeunes n'aurait jamais les moyens de s'offrir une telle voiture ? m'étais-je interrogé devant les juges. "Ces affiches devraient plutôt inciter ces vauriens à s'élever et à gagner leur vie..." m'avait rétorqué le tribunal. Quatre ans ferme !

Leçon n°1 prodiguée par la justice : ça coûte plus cher de braquer une bagnole de prix que de cogner sa femme ou son môme, d'escroquer des millions à l'État ou de faire travailler pour que dalle deux cents Chinois dans une cave.

Car il est bien là, le trouble à l'ordre public : que deviendrait notre monde si les gens commençaient à avoir peur de parader dans des produits de luxe ?

Et c'est moi qui suis con et cynique !
Ce jour-là, j'aurais dû citer Booba :

Viens faire un tour dans gamoss gamoss
22 pouces, chrome, vamoss vamoss
Millionnaire, comme dirait Abdel Hakim
Il y'a qu'un pas entre le concessionnaire et le car-jacking...

Quand Bertrand m'avait joint au dossier de Massani le permis de communiquer qu'il avait fait établir à mon nom, je n'y avais pas prêté attention. C'est seulement lorsque que je l'ai sorti de son dossier pour savoir vers quelle maison d'arrêt je devais me diriger que j'ai remarqué que Termite était incarcéré à... Fleury-Mérogis*.

J'avais réussi jusque-là à éviter de mettre les pieds dans cette prison, trouvant toujours un prétexte ou un jeune avocat en mal d'argent pour y aller à ma place.

Quand je constatai qu'en plus je devais me rendre en D2 pour aller le visiter, je dus me faire violence afin de ne pas renoncer à mon entreprise et me chercher encore un autre rappeur.

Je tendis mon permis à la jeune surveillante de la rotonde qui, après avoir lu mon nom sur ma carte, me dévisagea, incrédule. Deux minutes après, alors que je me servais un cappuccino à la machine, c'est quatre matons qui chuchotaient dans mon dos.

Pour échapper à leurs conciliabules, je pénétrai dans la division et me rendis au contrôle. Là, un surveillant d'une neutralité toute professionnelle m'invita à attendre mon détenu dans le box, mais sitôt le dos tourné,

---

* Voir *Commis d'office.*

je sentis dix paires d'yeux me scruter derrière le verre sécurisé.

On me fit attendre deux heures, et, comme Elephant Man exposé à tous les regards, je vis passer derrière la vitre de ma cabine tout ce que Fleury comptait de gardiens.

Massani fit finalement son apparition une demi-heure avant la fermeture des parloirs. Lorsque je le vis entrer dans mon box, je ne pus que saluer la justesse de la description que m'en avait fait Bertrand : Joe Dalton en noir sans la moustache. Petit, tordu et teigneux.

La conversation démarra sur les chapeaux de roues alors que j'avais pensé y aller mollo pour ne pas réitérer l'effet de blocage que j'avais vécu avec Pereira et sa bande.

– Alors, c'est vous l'avocat qu'avez fait évader un mec d'ici ? Vous êtes comme Kayser Söze, une légende vivante.

– Qui est Kayser Söze ?

– Quand des types sont venus le faire chier en prenant en otage sa famille, il était tellement vénère qu'il a commencé par tirer une bastos dans la tête de son bébé, puis de sa femme, puis il a fini avec son fils. Les mecs, ça les a gelés. Après, il les a tous fumés tranquille vu qu'ils ne bougeaient plus, puis il a laissé partir le dernier pour qu'il fasse passer le mot que lui, Kayser Söze, fallait pas lui chercher des couilles.

Et là, Termite souffla sur son index comme pour dissiper la fumée qui sortait de son arme après le carnage.

– Et c'est moi, ça ?

– Ben, c'est vous qui allez me faire sortir, non ?

Même après vingt ans d'exercice professionnel, je n'arrivais toujours pas à me faire à cette logique si particulière qui gouvernait l'esprit de ces jeunes : une souris et un lézard, c'est pareil parce que c'est petit. Un keuf et un prof, parce qu'ils font tous deux preuve d'autorité. Par conséquent

Christophe Leibowitz et un psychopathe sanguinaire, c'est la même chose parce qu'il va me faire sortir.

– Bon, mon confrère m'a dit que vous arriviez à mi-peine. Avez-vous une promesse d'embauche, un projet de sortie, quelque chose ? Vous suivez une formation en détention ? fis-je, technique, pour écarter toute velléité supplémentaire de fraternisation.

– J'ai passé mon DAEU : Diplôme d'accès aux études universitaires. Et devant mon air incrédule, il ajouta : et je l'ai eu ! (Là, je le regardai, effaré. Je ne m'attendais pas du tout à ça.) On vous a dit que j'étais un con, c'est ça ?

– Non, non, je ne sais rien de vous. Je n'ai lu que vos écoutes téléphoniques.

– Ouais, et…

– Et rien. (Silence.) Mon confrère vous a parlé de mon projet ? J'aimerais bien écouter votre musique, mais il a été incapable de me donner un titre.

– *Versus condé* chez Ultimate Records. Je l'renie pas… Mais… Enfin, j'ferais plus ça aujourd'hui.

– En fait, je voudrais que vous m'écriviez un rap.

– Ouais, pour votre cognac, j'ai compris. Genre *Pass the Courvoisier* de P. Diddy et Busta Rhymes, mais en français. Il s'appelle comment votre truc ?

– J'ai pensé à Glock City Yak ou Scud.

– C'est naze !

– Je suis ouvert à toutes les suggestions. Pour le rap, je voudrais quelque chose d'irrévérencieux, qui parle d'ascension sociale grâce à la délinquance, voyez-vous ? Comme *Scarface*… Tony Montana, tout ça…

– Alors, faut que ça parle de came. Les bourges, ils se laissent approcher par des mecs comme nous que quand on a de la drepou à leur fourguer. Si t'as rien à vendre en boîte, on te laisse dehors comme un chien crevé.

– THC, comme tétrahydrocannabinol ?
– Déjà pris, c'est le nom d'un groupe de rap de Guadeloupe.
– MDMA ?
– Un label de techno.
– Dreux ?
– C'est dans l'Eure-et-Loire. Tout ça, c'est que des noms grillés de chez grillé.
– Angel Dust !
– Y'a pas de came qui s'appelle Angel Dust !
– Si, c'était le nom du PCP.
– De toute façon, c'est le nom d'un groupe de hard.
– C'est pas mal Angel Dust pour un cognac, c'est poétique…
J'étais fier de ma trouvaille.
– Angel Dust… Jamais un mec, il irait boire un truc qui s'appelle comme un parfum pour meuf.
– Bon. En attendant, je vais introduire une demande de semi-liberté. Avec un DAEU, ça ne doit pas être infaisable de vous sortir. Vous avez quelqu'un qui peut vous trouver un boulot à l'extérieur ?
– Personne. J'ai que mon frangin et il a pris perpète.
Je me levai pour mettre fin à l'entrevue et lui tendis la main :
– On va se débrouiller. Vous m'enverrez le premier couplet et ça réglera mes honoraires pour la requête que je déposerai devant le juge de l'application des peines.
– Ok, ça roule ! Mais sans la marque de votre truc, là, je pourrai vous écrire qu'un refrain provisoire. Eh, qu'est-ce que vous pensez de *Cartel D2*, comme titre pour une autre chanson du disque ? Cartel comme Medellín et D2 parce qu'on a tous les deux un truc avec la D2. Et je raconterais pourquoi on est passés par ici et on a écrit nos noms sur les murs…

– Je ne sais pas si c'est une bonne idée, fis-je un peu inquiet d'imaginer le récit de mes mésaventures fredonné à jamais par tous les types enfermés dans cette division.

Assommé par cette entrevue, je sortis de la D2 et me rendis directement au service de probation et d'insertion afin de rencontrer M. Dupré, l'éducateur qui s'occupait de Massani.

Je fus reçu par un ex-mao, ex-trotsko, ex-quelque chose d'utopique et d'extrême gauche, un homme rompu à tout ; à la misère de son service comme à l'ingratitude des détenus dont il s'occupait.

M. Dupré n'aimait pas les avocats et il avait raison.

Il savait bien que ces derniers tiraient profit de son travail, facturant des milliers d'euros à leurs clients les rapports positifs qu'il adressait au magistrat pour un aménagement de peine : “J'ai une putain d'ouverture avec un mec du service de probation ; tu me donnes huit mille et t'es dehors !”

Quant à m'aimer moi, c'était encore plus dur, mais je n'en voulais à personne, mon dernier passage à Fleury étant à l'origine d'une kyrielle de mesures de sécurité qui pourrissaient le quotidien des salariés de la prison.

– Serait-il envisageable que je fasse à M. Massani un contrat de clerc de cabinet afin de solliciter du juge une semi-liberté ? fis-je, debout devant son bureau parce qu'il n'y avait pas de chaise.

– Vous ne le connaissiez pas il y a encore une semaine, et maintenant vous voulez l'embaucher ? Ben voyons ! Pourtant, il n'a pas l'air d'avoir beaucoup de sous à vous donner, M. Massani…

Je ne relevai pas.

Je comprenais aisément en quoi mon choix pour ce poste pouvait apparaître inapproprié, mais je n'avais rien trouvé d'autre pour coincer Termite et l'obliger à travailler pour mon projet. S'il lui prenait l'envie de me faire la moindre crasse, il se retrouverait incarcéré aussi sec et cette fois-ci, jusqu'à la fin de sa peine.

– J'ai eu un vrai coup de foudre. Un jeune comme lui mérite qu'on lui tende la main. Il est ambitieux. Un travail dans un cabinet lui permettra à la fois de s'épanouir et de continuer ses études.

– Et il ferait quoi chez vous ?

– Il répartirait le courrier, irait apporter des pièces chez les huissiers, réserverait des billets de train ou d'avion, classerait quelques dossiers si besoin est… Il y a des milliers de choses à faire dans un cabinet comme le nôtre. Nous sommes une quarantaine, il aura de quoi s'occuper.

À m'entendre, on aurait pu croire que je dirigeais une firme d'avocats comme on en voyait dans les séries américaines. Cette image ne fit que nourrir l'incrédulité de Dupré qui ne parvenait vraiment pas à m'imaginer à la tête d'une grosse structure avec Termite dans le rôle du beau mec en costume gris et pompes cirées derrière le bureau de la réception.

– Vous ne trouvez pas que vous en avez déjà assez fait pour les détenus de cette maison d'arrêt ?

Après avoir guetté ma réaction dans un silence de mort, il se replongea dans le dossier de Termite, lâchant de temps à autre un soupir exaspéré comme s'il corrigeait la copie d'un cancre.

– Il a tout de même un DAEU…

– Et alors ? Mon fils a un doctorat de sociologie et il sert des repas dans un self, me rétorqua-t-il sans lever les yeux.

À court d'arguments, je considérai, punaisé au mur derrière son bureau, le poster du concert donné au Chili pour les vingt-cinq ans de la mort d'Allende :

– *El pueblo unido jamás será vencido, salta, salta…* fredonnai-je en sautillant légèrement pour tenter un rapprochement politique désespéré. Et ses yeux, qui n'avaient exprimé jusque-là que du mépris, quittèrent le dossier de Massani pour me scruter avec l'intérêt et la méfiance que l'on réserve aux emmerdeurs fanatiques, prêts à n'importe quoi pour obtenir gain de cause.

Après un temps, il poussa un soupir élégiaque : j'avais gagné.

– Bon... Alors... Il s'agit d'un CDD, d'un CDI, d'un CNE ?

– Je ne sais pas trop... En fait, peu importe, vous n'avez qu'à choisir. Chez ces jeunes, le problème est inversé : il est plus dur de les retenir dans leur travail que de les licencier.

– Entendons-nous bien, je ne donnerai mon avis favorable au juge que parce qu'il faut bien que ce détenu sorte à un moment ou à un autre. Et cela même si je suis sûr de le retrouver dans la nature dès que vous n'en aurez plus besoin – à supposer qu'il vous serve un jour à quelque chose, d'ailleurs. Maintenant, j'ai à faire, s'il vous plaît.

Épuisé, je retournai au cabinet où un attroupement s'était formé dans la salle d'attente.

– Quoi, encore ?

Mélanie, notre cadette, pleurait, entourée de N'Zongo, de Joséphine et de trois autres filles domiciliées chez moi.

– Elle trouve qu'elle est mauvaise et a envie de tout arrêter, me rapporta Joséphine, maternelle, son bras autour des épaules de la jeune avocate. Toi qui l'as déjà vue plaider, dis-lui qu'elle n'est pas mauvaise.

Elle n'est pas mauvaise, elle est ARCHI mauvaise, pensai-je tout en maudissant ces séances de psychothérapie collectives. Lorsque la pauvre Mélanie plaidait, on sentait une générosité immense, de bons arguments, mais tout cela se bousculait dans un étroit entonnoir d'où ressortait un galimatias incompréhensible récité d'une voix mal assurée et inaudible.

Quel truand était prêt à assumer face à ses codétenus d'avoir déboursé cinq mille euros pour se faire défendre par cette pauvre fille, aussi brave soit-elle ? Aucun ! Elle ne ferait que vivoter avec des demi-clodos sans le sou et des commissions d'office jusqu'à rejoindre un jour l'armée des célibataires acariâtres, fauchées et tabagiques de mon cabinet. Ça me fendait le cœur qu'elle en arrive là, mais si j'avais dit ne serait-ce que la moitié de ce que je pensais sur ce sujet, il y aurait eu là quatre femelles pour me déchiqueter le visage de leurs ongles. Seul N'Zongo était susceptible de me comprendre ; c'est dire à quel point ma pensée pouvait paraître exotique dans notre monde contemporain.

– Ça n'est pas grave d'être mauvaise... Ce qu'il faut, c'est savoir ne pas être ennuyeuse.

– Christophe... grogna Joséphine, menaçante.

– Ce que je veux dire, c'est que quand on prend la parole, on a devant nous des juges qui ont déjà entendu cent fois ce qu'on s'apprête à leur dire. Dans ces conditions, tu dois les surprendre pour éveiller leur attention et les amener là où tu veux.

– On ne comprend rien à ce que je dis, je suis nulle !

– Ça ne fait rien ! Ce qui est important, c'est la décision finale. Ne crois pas que mes résultats soient meilleurs parce que j'ai plus d'expérience que toi. Au contraire, c'est souvent quand j'ai été très bon qu'ils ont été les plus mauvais. Le magistrat, par esprit de contradiction, va se dire : "Celui-là, avec ses belles phrases, s'il pense qu'il va me dicter ma décision, il se plante." Et alors que tu t'attends à avoir fait un carton, ton gars écope d'une sale peine.

– C'est vrai ? me fit-elle en reniflant.

Joséphine s'était radoucie et me considérait à présent avec une certaine cordialité.

J'en rajoutai une couche :

– … Alors que ce même magistrat est bien plus enclin à accorder sa bienveillance à une petite avocate comme toi, qui n'impose pas son talent…

Mélanie avait définitivement cessé de pleurer et Joséphine me souriait.

Quant à N'Zongo, il nous révéla ce soir-là un grand secret : c'était la lecture des douze tomes des *Institutions oratoires* du rhéteur romain Quintilien qui l'avait rendu aussi bon.

6

– Tu prends ta récolte totale, tu lui enlèves le volume de moût pineau et celui de vin simple et tu divises par la superficie plantée moins la superficie pineau moins le vin simple... et moins la superficie jeunes vignes, première et deuxième feuille. Là, tu obtiens le rendement agronomique que tu mets dans le cadre deux et trois. Tu prends le QNV que le BNIC édite chaque année et...

– Stop.

– Tu dis que tu veux apprendre, mais en fait tu ne veux rien faire !

J'étais parti pour le week-end à Lieursac-le-Mont afin de m'initier à mon nouveau métier de producteur de cognac et du même coup m'attirer les bonnes grâces de ma cousine. Or, il avait suffi de vingt-quatre heures pour que mon enthousiasme soit ruiné.

La formation commença par un réveil à quatre heures du matin afin de mettre en route la première des deux distillations nécessaires à la fabrication de l'eau-de-vie. Là, blotti dans un coin, abruti par la fatigue, je suivis ma cousine qui s'affairait avec des gestes précis autour de l'alambic. Puis, après une explication technique sur les merrains et les douelles des tonneaux, nous partîmes chasser les nuisibles à neuf heures dans un froid glacial à travers les vignes. Tout en arpentant les coteaux dans un brouillard intensément givrant et en tuant à coups de fusil deux-trois bêtes innocentes, Valérie m'exposa les sanctions fiscales en cas d'infractions aux dispositions communautaires. À treize heures, nous rentrâmes au pas de charge vérifier la distillation, nourrir son père et les chiens, puis nous embrayâmes sur un calcul de rendement agronomique avant de ressortir dans le froid superviser le travail des ouvriers agricoles.

À dix-sept heures, épuisé, quasi fiévreux, je criai grâce.

– Tiens ! Puisque tu t'intéresses tant à ce que je fais ici, tu n'as qu'à lire les prospectus qu'on donne aux visiteurs…

Et comme à un corniaud à qui on jette un bout de gras, elle me flanqua sur les genoux toute une série de dépliants édités par l'office du tourisme.

– En fait, je pensais que j'étais plus rural comme mec, admis-je d'une voix mourante.

– Tu t'attendais à quoi exactement ?

Elle m'observait les poings sur les hanches, passablement exaspérée par le temps que je lui faisais perdre.

– Je ne sais pas. À faire des trucs comme… imaginer des recettes de cocktail, par exemple.

Je feuilletai les *36 façons d'apprécier le cognac* éditées par le Bureau interprofessionnel.

– Tiens, je te fais un Bikini cognac. Tu veux ? C'est le soir, on peut bien s'arrêter cinq minutes de courir dans tous les sens, non ?

– C'est quoi ça, le Bikini cognac ?

– Du cognac avec du Malibu.

– Mais c'est infect ! Donne… (Et elle m'arracha le dépliant des mains pour l'examiner avec sérieux.) C'est bien ce que je pensais, ce cocktail n'est pas sur la liste !

– C'est normal, c'est moi qui viens de l'inventer.

Elle haussa les épaules et me planta là, totalement hermétique à mon humour festif.

Un peu plus tard dans la soirée, je tentai un second rapprochement. J'avais téléchargé à Paris une sélection de clips d'artistes gangstas assez différents les uns des autres. Il y avait du rap de la côte Est avec Jay-Z, Notorious BIG, P. Diddy ou 50 Cent, du rap californien classique style Xzibit, The Game, Tupac ou Snoop Doggy Dogg. Il y avait aussi du crunk, le hard du rap : un bruit tonitruant de basses sur lequel un possédé répondant au nom de Lil Jon scandait des textes pornographiques, homophobes et violents.

À supposer que cela fût encore possible, ce rappeur sudiste était parvenu à repousser encore plus loin les limites de la vulgarité. Il ne se produisait jamais sans sa coupe à cognac sertie de quatre-vingt-sept diamants, confectionnée par The Glass Lady of Atlanta, et son bling-bling, un pendentif de la taille d'une poêle à frire sur lequel apparaissait, pavée de diamants, la phrase *"Crunk ain't dead"* !

Ce qui me rendait Lil Jon particulièrement attachant, c'était son *"Dirty South"*, une sorte de victoire de la musique réservée aux rappeurs les plus riches ou son *"Players Ball"*, une convention de proxénètes, où l'on décernait des trophées aux meilleurs "professionnels".

Alors que Valérie préparait à dîner, je m'installai tout sourire en face d'elle et posai délicatement mon portable sur le plan de travail.

– Ne te braque pas d'emblée. Tu ne le sais peut-être pas, mais un rappeur comme Jay-Z par exemple, bien qu'il ait commencé à faire fortune dans le deal de crack, est aujourd'hui un des types les plus riches du monde, au point d'en être devenu un symbole du bon goût. Il y a même un 4×4 qui porte son nom, c'est pour dire… Et est-ce que tu connais le nom du parfum pour homme qui se vend le mieux aux États-Unis ?

– Euh, non…

– *Unforgivable* de Pouf Daddy, comme tu l'appelles… L'univers esthétique que tu vas voir là, qu'on le veuille ou non, est assimilé par une partie du public comme la quintessence du bon goût. C'est ces gens-là que nous viserons avec notre cognac.

En silence, solidement plantée dans ses bottes en caoutchouc, ma cousine suivait, bonne élève, le ballet des Ferrari et des offshores tout en dépeçant avec des gestes trahissant l'habitude les deux lapins que nous avions rapportés de notre expédition du matin.

À un moment elle se tourna vers moi pour me dire quelque chose, puis se ravisa.

– Quoi ? Oui, je sais, tu es consternée... Mais encore une fois, le genre qui exalte les vertus de la criminalité et de la richesse facile plaît beaucoup... Et puis, toute cette violence, c'est comme le catch, c'est pour de faux, pour provoquer, pour gagner de l'argent...

– Non, en fait je voulais juste savoir si tu aimais la terrine de lapin ; comme je prépare du lapin, tu vois...

Faire pénétrer une notion nouvelle dans le cerveau de ma cousine était loin d'être du tout cuit. Sans céder au découragement, je repartis à l'assaut :

– Est-ce que tu savais qu'aux États-Unis, quand le pote avec qui tu traînes se fait tuer, tu bois un verre de cognac à sa santé...

– Pourquoi il se ferait tuer ?

– Peu importe... Tu bois un verre à sa santé et tu vides le reste de la bouteille par terre pour laver son sang et bénir le sol qui a connu son dernier souffle. *"Pour out a little liquor for your real motherfuckin partners..."* : c'est ce qu'explique Tupac dans sa chanson. Tu t'imagines les litres de cognac Berthier qui grâce à mon projet seront ainsi répandus sur le bitume ?

Ses yeux qui reflétaient l'image des sereins coteaux de Lieursac-le-Mont se posèrent sur moi, étonnés :

– Pourquoi devrais-je être contente qu'on tue des gens et qu'on vide mon cognac par terre ?

– Est-ce que je peux te demander ce que tu écoutes comme musique ?

– Je ne sais pas, j'ai pas trop le temps... Mais... j'aime bien Johnny.

Ma cousine n'était pas à proprement parler une crétine. Elle était juste... pathologiquement normale. Elle percevait la moindre de mes paroles comme une énigme ou une excentricité. Elle riait aux choses que je ne trouvais pas drôles et s'offusquait de ce qui pour moi était normal. Mais ce qui me frappait le plus, c'était le peu d'impressions qu'elle recevait de la vie. Pas une seule fois de la journée que nous venions de passer ensemble elle n'avait dit d'une chose qu'elle était belle, exaltante, nulle, jolie ou émouvante... Elle disait "mais c'est haut ça !" ou "mais c'est loin !" ou "c'est pas donné !". Comme si tout son système de valeur était purement quantitatif. Bien que je me sois plaint toute la matinée du brouillard et du froid atroce, je n'avais pas été insensible à la majesté du paysage, à la beauté du soleil levant et du ciel rose surplombant les coteaux. À un moment Valérie s'était arrêtée et avait contemplé longtemps les vignes qui s'étendaient jusqu'au village. Je pensais qu'elle allait faire quelque chose comme confronter son émotion à la mienne. Pas du tout, elle s'était tournée vers moi et m'avait demandé si je pensais que les coteaux de nos voisins étaient plus ou moins pentus que les siens.

Bref, en un dîner, j'avais épuisé tous mes sujets de conversation sans susciter chez elle le moindre intérêt.

Quant à elle, de son propre aveu, elle n'avait pas grand-chose à me raconter. Elle ne sortait jamais et travaillait tout le temps. Un jour, elle avait fréquenté un garçon, un ambassadeur de chez Rémy Martin, mais celui-ci était mort dans un accident de voiture aux confins de la Chine. Elle avait été triste puis c'était passé.

Son frère, par la suite, lui avait présenté les quelques fils de famille encore célibataires de la région ; en vain. Il l'avait même inscrite sur Agri-rencontre, le site de rencontre rural sur Internet, mais n'ayant correspondu qu'avec des céréaliers ou des éleveurs de porcs, elle n'avait jamais donné suite.

À peine le dîner terminé, nous partîmes donc nous coucher chacun de notre côté. En quelques minutes, je sombrai dans un profond coma.

À quatre heures du matin, je fus réveillé par le démarrage de l'alambic qui résonna à mes oreilles comme les forges de Vulcain. Optant pour la lâcheté, je m'ensevelis sous l'oreiller et parvins tant bien que mal à me rendormir.

Vers huit heures, je fus à nouveau tiré du sommeil, cette fois par la sonnerie de mon portable : un gamin de douze ans, le petit Abdoulaï, dit Doudou, pour me signaler que Pereira venait encore de se faire arrêter, cette fois en pleine transaction.

À ses explications confuses, je compris que la police lui était tombée dessus alors qu'il discutait business avec un autre vendeur de shit du XIe tout en servant ses clients. Que Pereira s'était enfui, balançant dans les égouts son stock d'invendus avant d'être maîtrisé au sol. Que l'autre, un certain Traoré, plus gros et moins véloce, s'était fait cueillir avec quelques barrettes dans la poche. Que la police était en train de perquisitionner partout. Qu'elle avait trouvé un paquet de fric et qu'elle arrêtait tout le monde.

J'en profitai pour rappeler à mon interlocuteur que Pereira me devait plein d'argent : lorsque quelqu'un se sera décidé à me payer, je me déplacerai peut-être. Mais en l'état actuel des choses, il devrait se contenter d'un commis d'office.

Je me rendormis.

À dix heures, le téléphone sonna à nouveau.

Il s'agissait cette fois de la greffière du juge d'instruction de permanence : Pereira avait jeté le commis d'office et me réclamait à cor et à cri pour son interrogatoire de première comparution. Visiblement, ça chauffait pour lui.

– Juste pour savoir, le parquet a ouvert sur quoi ?

– Offre, cession, transport de stupéfiants, séquestration et violence volontaire.

– Séquestration ? Bon, bon, je vais vous envoyer quelqu'un.

Décontenancé par la tournure que prenait ce dossier, je téléphonai à différents confrères pour qu'ils me remplacent, mais je ne trouvai que la petite Mélanie pour me substituer.

À quinze heures, le commissariat du XIe arrondissement m'appelait : cette conne aussi était en garde à vue !

Je fis mon sac dare-dare et demandai à Valérie de me mettre dans le premier train pour Paris.

Ma cousine, l'air grave, ne pipa mot de tout le trajet. Une fois devant la gare, elle stoppa la voiture et attendit immobile, les mains sur le volant, que je descende.

Conscient que mon attitude l'avait déçue, je capitulai :

– Tu as raison, je ne suis bon à rien et ça ne me plaît même pas de faire semblant… La vie à la campagne ne me convient que pour faire prendre l'air à mes fringues de gentleman-farmer le temps d'un week-end. Voilà, je l'ai dit !

– Je veux juste qu'on respecte ce que je fais ici. François a toujours mille conseils à me prodiguer : tu devrais, tu ne devrais pas, il faudrait qu'on… Mais il ne met les pieds à Lieursac qu'une fois par mois avec ses petits copains pour se faire servir. On s'est déjà pas mal disputés sur le sujet et il commençait juste à me ficher la paix quand il a fallu que tu prennes le relais pour faire exactement la même chose.

– J'ai bien vu que tu accomplissais un boulot monstrueux et…

– Si je te parle comme ça, c'est parce que je ne voudrais pas que tu te fasses des idées. Que tu confondes MA maison avec une résidence secondaire par exemple. Quant à tes projets loufoques, qui s'appuient sur MON travail, on en reparlera lorsque tu m'auras convaincue qu'ils m'aideront à payer MES factures. Voilà, moi aussi je l'ai dit.

C'est sur cet échange franc et cordial que se solda mon second séjour à Lieursac-le-Mont.

Ce qui m'attendait à Paris n'était guère plus réjouissant : la pauvre Mélanie s'était mise dans une merde sans nom.

Les flics avaient d'abord perquisitionné chez Pereira mais n'avaient rien trouvé, lui et sa bande ayant toujours recours à des nourrices extérieures à leur zone de deal. Puis, ils s'étaient rendus chez Traoré, le type avec lequel Pereira discutait biz. Là, ils avaient découvert, ô surprise, un certain Daouda Dawadji, qui, bâillonné et enchaîné au radiateur, baignait dans sa pisse depuis deux jours.

Ce dernier, après avoir vaguement porté plainte :

– C'est Traoré qui t'a fait ça ?

– Ah, non ! Traoré, moi je le connais pas.

– Comment tu peux savoir que c'est pas lui si tu ne le connais pas ?

– Euh… j'suis sûr !

– Pereira, ça te dit quelque chose ?

– Encore moins !

– Alors, c'est qui ?

– Y'avait d'autres mecs… euh… mais je les ai jamais vus… euh… vu que je voyais pas de là où j'étais, voyez…

– Et ils te voulaient quoi, ces mecs ?

– J'sais pas, moi, ils arrêtaient pas de me parler d'un Momo… Momo, il est où qu'ils me disaient, nanani nanana, ils me prenaient la tête. Mais moi, j'sais pas c'est qui Momo !

… Une fois la mâchoire du piège ouverte par les flics… il disparut à jamais dans la nature.

Parce que ces règlements de comptes entre vendeurs de shit commençaient à excéder le parquet, le procureur chargé de l'affaire décida de frapper fort. Il autorisa les flics à faire une razzia exemplaire dans le périmètre en reprenant, nom par nom, tous les types qui avaient un jour été signalés dans une procédure touchant de près ou de loin à Pereira ou à Traoré.

Alors que les perquisitions allaient bon train, que les oreillers étaient éventrés, les lambris arrachés, les jeux vidéo écrabouillés et les paquets de corn-flakes vidés au sol, dans la panique générale, le shit remonta de nourrice en nourrice jusqu'au petit Abdoulaï, douze ans et demi, le gamin qui m'avait appelé au petit matin.

Mélanie, après avoir assisté Pereira devant le juge pour sa mise en examen, fut prise à partie à la sortie des galeries d'instruction par une nuée de petits dont le plus âgé devait avoir quatorze ans. Ceux-ci en appelèrent à son instinct maternel de gauche pour les aider à faire disparaître le shit avant que la police ou leurs parents ne le trouvent.

– Eh madame, madame… Faut nous aider… madame… Sinon, ils vont dire à nos parents qu'ils s'occupent pas bien de nous… Ils nous feront péter les allocs et on n'aura plus rien.

Et ce qui devait arriver arriva : cette idiote se retrouva nez à nez avec les flics, un paquet de shit de quatre kilos dans chaque main.

Lorsque je la vis, menottes aux poignets, à l'issue de sa garde à vue, elle avait dû pleurer sans discontinuer parce que ses yeux n'étaient plus que deux plaies larmoyantes. La juge d'instruction, une mère de trois enfants, eut pitié et voulut la mettre sous contrôle judiciaire. Mais le parquet, qui ne l'entendait pas de cette oreille, alla directement porter la cause devant le juge des libertés et de la détention pour que Mélanie fût promptement mise au trou.

C'est comme ça que je me retrouvai pour la seconde fois face à mon grand ami le procureur, le fin de race que je m'étais déjà coltiné dans l'affaire des deux potes violeurs du Raincy. Du Pertuis – c'est ce jour-là que j'appris son nom – déploya tout son art pour que ma consœur finisse sa journée en détention :

– Je ne vois que l'incarcération pour mettre fin à cette collusion odieuse, à cette association finalement pas si contre nature qu'on voudrait nous le faire dire, entre une avocate malhonnête et d'ignobles malfrats. Gardons à l'esprit que ces trafiquants n'ont pas hésité, à la manière des chefs de guerre du Liberia, à enrôler des enfants innocents afin d'intoxiquer nos concitoyens de substances dont les ravages sur la raison ne sont plus à démontrer. Avec toutes ses relations dans la pègre, si par hasard on la laisse sortir ce soir, il y a fort à parier qu'on ne la retrouvera jamais. Et puis aujourd'hui c'est huit kilos, certes, mais combien hier ? Combien avant-hier ? Combien depuis sa prestation de serment ? Alors, en raison du trouble à l'ordre public et du préjudice immense, profond et quasi irréparable qu'un tel délit cause, non seulement à la société, mais à la crédibilité de la justice elle-même, frappant ses serviteurs au cœur, jetant l'opprobre sur un corps tout entier… seule la détention provisoire de celle-là me paraît envisageable !

Tout cela requis d'un air hautain et navré, sur le ton le plus méprisant qui soit, à l'endroit de la pauvre Mélanie et de son défenseur.

Rarement un procureur m'avait mis dans un tel état d'énervement. Je mis évidemment le paquet sur la clairvoyance de la juge d'instruction lorsqu'elle avait voulu laisser sortir cette pauvre fille qui en fait de "pègre" ne connaissait que des voleurs de poules ; une décision pleine de bon sens, empreinte d'humanité.

Puis, au fur et à mesure, chauffé à blanc, je me lâchai complètement :

– M. le procureur a fort bien compris que la mansuétude n'a jamais été bonne fille lorsqu'il s'agit de se bâtir une carrière dans la répression... Qu'on incarcère donc cette avocate pitoyable. Nous l'avons tous vue plaider et nous savons à quel point elle est déplorablement mauvaise. Qu'elle cesse une fois pour toutes de faire le pied de grue au Palais, d'importuner notre vue avec sa misère. D'ailleurs, ne sommes-nous pas tous d'accord pour dire que son obstination à exister, à aider des gens encore plus pauvres qu'elle nous dégoûte ? Mort aux faibles ! De l'air ! Au trou ! Qu'elle se taise enfin !

Un grand silence s'abattit sur le cabinet.

Mélanie, qui avait été désentravée le temps de l'audience, me gifla... et le juge des libertés et de la détention la mit, sans hésiter, sous contrôle judiciaire.

Quant au procureur, son visage se fendit d'une grimace affreuse, sorte de rictus amusé, avant de prendre congé.

Aussitôt rentré, je pris ma plume pour conter tout cela à mon pote Kafhar. C'est qu'elles commençaient à me soulager, ces conneries de lettres !

Jeudi 11 janvier, minuit.
Cette fois, j'en ai TROP *dit.*
Connaissez-vous le principe du dedans/dehors ?

On me paye pour arracher par mes plaidoiries les gens de leur geôle. Une quasi-obligation de résultat, puisque si le type pour lequel je plaide ne sort pas, il me faudra rendre des comptes à ceux qui m'ont mandaté pour qu'il sorte... Au risque de me faire péter la gueule d'ailleurs.

Ma parole devient action. Elle extirpe. Toutes les finasseries de procédure, le référé-détention, le juge des libertés, les révocations de sursis... Toutes ces mesures en demi-teinte, le détenu n'y entend rien. Car ce qu'il attend, lui, c'est d'être dehors.

Un travail qui n'a pas la moindre parenté avec le concept de vérité, de justice ou même de bon sens.

Au fil des années, extirper par la parole les gens de prison, se battre contre le sentiment d'infaillibilité de toute la chaîne judiciaire devient un muscle, si bien que la forme et même parfois le fond de mes plaidoiries n'a plus aucune importance. Seul compte le fait d'arracher la conviction du magistrat qui tient le trousseau de clés.

Aujourd'hui, j'ai tiré in extremis une avocate du guêpier de la détention provisoire. Figurez-vous qu'au lieu de me remercier de ne pas s'être fait fouiller le cul par des matonnes avant d'aller dormir dans sa cellule, elle pleure dans le giron de ma fiancée en lui expliquant à quel point j'ai été méchant.

Après ça, il ne me reste plus qu'à me servir un verre et boire à ma santé parce que personne, vraiment personne, n'aurait l'idée de le faire.

Si, peut-être mon adversaire le procureur.

À l'heure qu'il est, il doit raconter sa journée à son épouse dévouée. Il a rencontré un avocat drôlement marrant, dis donc, qui n'a pas hésité à ridiculiser une consœur pour qu'elle n'aille pas en prison. En plus, il y est parvenu ce con !

Tout à l'heure, gonflé par toute la testostérone qu'il aura accumulée à requérir contre moi, il la sautera alors que moi je n'aurai d'autre choix que de me branler sur Internet, la bite dans une main, la souris dans l'autre.

Pourtant, je reste convaincu que c'est moi le gentil de l'histoire !

7

J'en ai ma claque de cette baraque riante comme l'Irak
Décors disloqués, où on entend crier, hurler,
Le désespoir d'être là, câliné à coups de tonfa
Dans la gueule. Écœuré de bouffer chez Lidl
Je veux m'casser, m'envoler même seul, loin d'cette misère
d'cette galère, d'ce monde ripou, sans goût, sans l'sou,
où l'avenir est mort-né ; mort sans même exister.
En survêt, baskets, casquette, je manque clairement de chic
Lascars qui naissez ici, perdez tout espoir !
J'vends ma sav' sur l'agora, où personne ne communique
sauf pour m'tendre son fric. Mon agenda est plein
pour vendre mon shit, mon crack, aux rebeux et aux blacks.
J'veux me faire la belle, la malle, changer de clientèle
Où l'herbe est plus verte, où ça brille, où c'est classe,
où les gens ont d'la race. Incrusté dans ta place,
où ça sent bon le pognon, le caviar, le dollar et l'Dom
Pérignon. Je suis bien !

Je cogne, j'ai la niaque
J'viens vivre en dessous de chez toi
Je m'casse la tête au cognac
Le matin, le soir, à tous les repas

La feuille en suspens entre mes doigts, je restai sans voix : j'avais envie de pleurer tellement c'était bien. Celui qui oserait me soutenir que les rappeurs n'étaient pas des artistes, je lui riverais son clou sans hésiter.

Je suis le délinquant qui a choisi son camp,

celui du kif, du pouvoir et de l'argent.
L'intrus qui dans ta rue, comme un malotru
va bouffer tout cru, ta femme et tes enfants.
Ça défie la logique, 'si bien qu'la génétique,
qu'un jour un scélérat tire avec toi les rois.
Merci mon frère, tu m'as rendu prospère
en me faisant entrer dans ces endroits secrets
gardés par les flics, les soldats de la République
où ça joue, ça fornique, où ça blanchit du fric
Je me suis infiltré où des riches désœuvrés
reniflent ma coke, recrachent leur vie glauque
Je suis le dealer attitré, des gens bien nés,
altiers, qui font leur marché dans les lieux branchés,
Et sans désemparer, j'me remplis les poches de cash. Je suis riche !

Refrain

Je fournis en paradis, les grands, les petits,
Je fais les meilleurs prix des boîtes de Paris
Et je te dis bravo, de laisser un prolo
Écouler son pavot dans le berceau de ta fille,
qui me trouve beau, rigolo. Ma queue bien bâtie,
mes mots gentils la font jouir comme jamais elle n'a joui.
Écoute bien ton voisin, le gredin citadin :
la dèche pour moi, c'est clair, c'est fini, sur ma mère.
Y'a pas de doute que coûte que coûte la chance change de camp,
l'argent change de main, quoi qu'il m'en coûte,
il est grand temps, de te saigner à blanc, de croquer
la pomme sucrée des lendemains qui chantent.
Parce que d'la société, je connais les secrets,
les rouages, les fonctionnements discrets,
je suis indélogeable, cramponné à ta table
ainsi finit la fable "d'la vermine et du notable". Je suis zen !

Termite était un génie du marketing. Il valait cent fois mieux que n'importe quel fils à papa qui se serait fait payer à grands frais une école de commerce : en un clin d'œil, il avait tout compris à mon concept.

Il devait à tout prix sortir de prison.

J'avais bien déposé ma demande de conditionnelle, mais le code laissait au juge quatre mois pour l'audiencer. Comme il n'était pas question d'attendre si longtemps, je harcelais téléphoniquement la greffière jusqu'à ce que, pour se débarrasser de moi, elle me fixât une date la semaine suivante.

Et c'est donc avec une pêche pas croyable que j'arrivai à cette audience d'application des peines.

Je traversai la prison jusqu'à une cahute en préfabriqué coincée entre un mur d'enceinte et une tripale, un lieu que le personnel pénitentiaire surnommait "le loft" pour une raison qui m'avait toujours échappé.

Je consultai le dossier de Termite et constatai que Dupré, le conseiller de probation, avait tenu parole et m'avait fait un rapport favorable sur sa sortie. Quant à la procureur, elle était évidemment contre, mais comme il s'agissait d'une vieille chouette notoirement placardisée dans cette juridiction, la juge de l'application des peines ne l'écouterait pas.

Pour attendre mon tour et surtout pour éviter les messes basses des surveillants, je contemplai par la fenêtre les chats qui arpentaient l'immense étendue d'herbe sur laquelle les détenus jetaient toutes sortes de déchets.

Attirés par les rats, eux-mêmes attirés par les ordures, ces bêtes enfermées dans l'enceinte de la prison s'étaient reproduites entre elles jusqu'à muter en de monstrueux couguars à rayures jaunes. De la bouche même d'un gardien, je savais que personne n'osait plus les approcher, des années de caillassage de la part des détenus les ayant rendus extrêmement agressifs. Ils leur reprochaient leurs miaulements rauques et vicieux qui, s'ils ne les empêchaient pas carrément de dormir, leur faisaient faire de drôles de rêves.

En plongeant mon nez plus avant dans le dossier de Massani, je me rendis compte que je ne connaissais rien du bonhomme.

Termite avait toujours été seul, complètement livré à lui-même. Il était né dans un foyer de travailleurs à Paris peu après son frère. Vers cinq ans leur mère était morte, les avait laissés choir ou avait été mise à la porte tout simplement, l'enquête de personnalité ne le précisait pas. Le père avait épousé une autre femme dont il avait eu plusieurs enfants. Les deux garçons avaient été plus ou moins maltraités par la nouvelle épouse jusqu'à ce qu'on les place à la DDASS du Val-de-Marne, où la famille avait déménagé entre-temps. Personne n'en avait jamais voulu et ils avaient grandi à l'orphelinat tous les deux jusqu'à ce qu'on vire Dialo, l'aîné, lorsqu'il fut parvenu à la majorité. À quelques nuances près, une version contemporaine des *Misérables.*

La suite, je l'imaginais aisément : Dialo, parti de rien, à force de travail et d'huile de coude, avait réussi à asseoir un trafic de drogue juteux sur une partie de Champigny.

Il avait recueilli son frère Diocounda qui bossait pour lui.

Ce dernier, outre tenir la dalle pendant la journée, avait investi ses gains dans du matériel sono. Pur produit éducatif de la DDASS, il savait rédiger des phrases sans trop de fautes dans un français correct. Lorsqu'il ne dealait pas sous la pluie, le vent, la neige ou le cagnard, il se repliait dans sa cave pour composer sa musique.

Et c'est comme cela que ladite cave avait accouché un jour de Termite et de son disque *Versus condé* qui trouva une maison de disques et fut même remarqué par la presse spécialisée pour son authenticité.

Un jour, son frère avait été évincé de son trafic par un autre dealer. Il en résulta un règlement de comptes laissant un mec sur le carreau suivi d'une cour d'assises sans pitié avec perpète à la clé. Termite, toujours dans sa cave, avait essayé de reprendre le trafic de son frère, en vain, puis s'était fait arrêter lui aussi.

Le débat contradictoire ne dura que quelques minutes. Massani, avec son sourire angélique plaqué pour l'occasion sur son visage, en faisait à ce point trop qu'il en devenait touchant. Lorsque la juge lui demanda vers quel métier il comptait s'orienter avec son DAEU, il répondit qu'il s'était déjà inscrit en fac de droit car il était tenté par celui… de juge de l'application des peines.

La placardisée notoire avait poussé un cri horrifié tout en rappelant que Dieu merci, il n'était pas encore venu le temps où l'on admettrait la racaille dans les rangs de la magistrature. Ça n'avait pas plu à la juge. Cette dernière décida de faire sortir Termite sans aucune autre forme de procès, et cela rien que pour emmerder cette proc' raciste et conne qu'elle se coltinait sans doute depuis trop longtemps.

– Je compte sur vous, monsieur Massani, fini le trafic. C'est une opportunité en or que vous offre maître Leibowitz, ne la gâchez pas. Et vous, maître, tentez d'aider ce jeune… le mieux… Enfin, pas… Bref, vous voyez ce que je veux dire.

– Vous en faites pas, madame, on est clean de chez clean, s'était-il senti obligé de rajouter.

Galvanisé par mon succès du jour, je me rendis sur le chemin du retour chez un cristallier qui concevait et fabriquait des prototypes de bouteilles pour la parfumerie ou l'industrie des spiritueux. Je fus reçu par une commerciale qui me traita, malgré la nature particulière de mon projet, avec une neutralité professionnelle. Le même flegme qu'avait un jour affiché, je m'en souviens, une jeune vendeuse de vêtements à qui j'avais demandé, pour une soirée déguisée entre avocats, de me floquer sur un T-shirt la phrase : *"Nous sommes tous des pédophiles belges."*

– J'avais imaginé une bouteille de soixante-quinze centilitres qui ferait penser à une ogive ou à une balle de revolver…

– Comment s'appellera votre produit ?

– C'est bien le problème, il n'a pas encore de nom. Pour le moment, il s'agit des cognacs Berthier.

– Évidemment !

– Le nom, la forme de la bouteille, l'étiquette, tout doit suggérer la réussite, l'ascension par le crime. Ou plus exactement l'accession à la tradition par le crime.

– *L'accession à la tradition par le crime*… Oui…

– Le concept vous paraît fumeux ?

– Non, non, pas du tout ! Je réfléchis. Nous avons inventorié nos archives il n'y a pas si longtemps et, justement, il y aurait là un prototype qui pourrait vous intéresser. Un projet qui nous a été soumis par la Légion étrangère dans les années 60 et qui a été abandonné. Je vais vous le chercher.

Elle revint quelques minutes plus tard avec un sac en feutrine noire dont pendait une étiquette : *Projet en prévision de la commémoration des cent ans de Camerone. Janvier 1961. Premier REP.*

Elle me regarda d'un air interrogatif.

– Camerone, 1863, c'est la fête des légionnaires. C'est le nom d'une bataille où une poignée d'entre eux ont résisté jusqu'au dernier contre des milliers d'ennemis. Quant au premier REP, il s'agit d'un régiment qui a participé au putsch des généraux d'Alger et qui a été dissous.

– Voilà pourquoi personne n'a jamais donné suite... D'après le descriptif, c'est un peu ce que vous cherchez...

Elle ouvrit le sac en feutrine et sortit une bouteille... en forme de grenade ananas.

– C'est ça ! C'est ça que je veux ! hurlai-je, enthousiaste.

– Voyons voir... Il s'agit d'une grenade de type MK2 ou *pineapple*. Là, nous avons la version luxe en cristal, et là une version simple en verre blanc. Alors... si je comprends bien le descriptif, quand on tire sur la goupille, on libère le bouchon qui est constitué par ce qu'on appelle la cuillère de la grenade. Ici le bouchon est doré, mais on peut envisager d'autres couleurs...

– Non, non, on ne change rien ! C'est exactement ça.

– Évidemment, on remplacera l'emblème de la Légion étrangère par votre marque...

Après m'être délesté d'un chèque de dix mille euros pour acheter l'exclusivité de ma bouteille, je téléphonai sur le chemin du retour à mon cousin pour lui raconter où j'en étais de mon projet et pour me plaindre des réticences de sa sœur. Il revenait de New York où il avait présenté sa nouvelle chorégraphie. Il profita de mon coup de fil pour m'inviter à sa première ainsi qu'au cocktail qui suivait. Là, j'appelai ma fiancée pour qu'elle se joigne à moi. Bien qu'elle ne fût jamais vraiment chaude quand il s'agissait d'une sortie choisie par mes soins, elle accepta de m'accompagner avec un condescendant “Mmmh, pourquoi pas !”, signe chez elle d'un plaisir manifeste.

C'était la première fois que je me rendais à un ballet contemporain au Théâtre de la Ville.

Situé à quelques mètres de l'entrée du Palais de justice, je n'avais jamais réussi à acheter un billet, les spectacles se donnant toujours à guichet fermé. Seul un groupe d'initiés, abonnés à l'année, pouvaient prétendre à y applaudir ce qui était présenté, au gré des critiques, comme l'ultime retranchement de la création artistique ou, à l'inverse, comme le dernier bastion du foutage de gueule et de la pornographie publique autorisée. C'est donc impuissant et frustré que je me contentais, au fil des saisons, de contempler dans les vitrines de ce théâtre les photos surréalistes de ces spectacles où je n'irais jamais.

En pénétrant ce soir-là dans le hall d'entrée, j'avais l'impression d'avoir été invité à une fête de famille. Il n'y avait là que des hommes et des femmes branchés, au physique irréprochable, qui avaient tous l'air de se connaître. Pas une seule rombière, pas un seul amateur rubicond de tripes en sauce, bref, pas la moindre trace d'un beauf ou d'un plouc. C'est pour dire à quel point moi et mon éternel costume noir à rayures toujours un peu trop juste, nous faisions tache.

Joséphine, quant à elle, était inévitablement dans le ton. Elle portait une robe déchirée que je n'aurais pas qualifiée de chic si on m'avait posé la question, mais qui devait incontestablement l'être, vu les compliments des gens qui la reconnaissaient et la saluaient.

Elle ne me présenta bien sûr à personne. Leibowitz : la faute de goût par excellence, la quiche qu'on est obligé de se coltiner si on veut des entrées gratos.

Nous prîmes place face à un décor composé d'un mikado de poutres en métal plongé dans la pénombre. En fond sonore, des chœurs romains.

La lumière baissa, on nous demanda d'éteindre nos portables. La scène s'éclaira. Elle était recouverte d'une cendre blanche dont émergeaient des formes indistinctes, des danseurs dont les corps se confondaient avec le sol. Au-dessus, un écran géant sur lequel s'affichait un texte au rythme de la frappe.

"Rome qui était la seule superpuissance militaire du monde, subit à l'automne de l'an 68 avant Jésus-Christ une attaque terroriste qui la frappa au cœur. Le port de Rome à Ostie fut incendié et la flotte de guerre, détruite…"

Les formes recouvertes de poussière blanche grouillaient au sol.

"Ceux qui commirent cette attaque ne le firent pour aucune puissance étrangère : aucune nation n'aurait jamais osé attaquer Rome… Il s'agissait juste d'une poignée de pirates. La panique fut telle après les événements d'Ostie, que les gens donnèrent contre l'avis du Sénat la quasi-totalité du Trésor romain ainsi que les pleins pouvoirs à Pompée afin de financer sa guerre contre le terrorisme…"

Des créatures, que l'on comprenait être romaines en raison de leurs sandales à lanières et féminines grâce à leur touffe noire détonnant sur leur corps nu enduit de blanc, se redressaient progressivement pour grouiller debout.

"Lorsque Pompée prit la mer, il lui fallut moins de trois mois pour balayer les pirates hors de toute la Méditerranée…"

Un homme vêtu d'un costume noir et portant un attaché-case traversa la scène d'un pas pressé tout en regardant sa montre.

Tout à coup, il heurta une créature blanche à touffe dont la poussière salit son costume. Il la tabassa, elle tomba, et après s'être épousseté gracieusement, il continua son chemin.

"Même si Pompée était un fin stratège militaire, un soupçon se fit jour : si les pirates avaient pu être vaincus si promptement, représentaient-ils vraiment une menace aussi grave ?"

Un flot de danseurs en costume noir déferla sur la scène, piétinant au passage les Romaines enduites de cendre.

S'ensuivit une heure et demie de bagarres, de masturbation, de projections d'urine des uns sur les autres, le tout dans un sample assourdissant de ce que j'identifiai vaguement comme étant des hymnes nationaux mélangés à des bruits d'autoroute.

À la fin, les spectateurs ovationnèrent mon cousin, non pas pour marquer leur joie de voir cesser cette cacophonie gesticulatoire, mais parce qu'ils avaient sincèrement apprécié son ballet.

Seul le pompier de service qui, lorsqu'il croisa mon regard, reconnut en moi un frère, fut soulagé que la représentation se terminât enfin.

Quant à Joséphine, elle prit dès le rideau tombé cet air suffisant qui me faisait tant bander :

– Il aura mis le temps, mais cette fois, il a su se donner les moyens.

– Les moyens de quoi ?

– De son propos. Le titre, *Quousque Tandem*, combien de temps encore ? Combien de temps encore va-t-on négliger de tirer les leçons du passé ?

– Et les filles à poil ?

– Les victimes de la guerre ! Les victimes tout court d'ailleurs, écrasées par la cupidité de Pompée, ou de Wall Street, ce qui revient au même.

– Et pourquoi, à un moment, il y a une fille en tailleur qui accouche d'une portée de canettes de Coca ?

– Parce que la colère de Dieu est plus forte que celle des hommes. Je te signale que la fille sort de son vagin du Zam-Zam Cola, le Coca iranien.

– Aaaaaaah…

Qu'est-ce qu'elle était intelligente, ma meuf !

Dès qu'il me vit, mon cousin vint immédiatement à ma rencontre. Je lui présentai Joséphine. En quelques phrases, ils énumérèrent leurs connaissances communes dans cette bourgade que l'on nomme Paris pour en conclure qu'ils pouvaient sans danger être les meilleurs amis du monde. Ils partirent donc bras dessus bras dessous en me laissant choir comme une merde.

Moi, j'aurais bien évoqué Mimi le faussaire ou Aziz Choukri dit "l'Écureuil", mais ça n'aurait intéressé personne. Abandonné de tous, je me suis donc vengé sur le buffet et le bar. C'est au moment où je ne sais qui s'est plaint auprès de Joséphine des assauts insistants du type aviné qui l'accompagnait, que cette dernière me tomba dessus.

– Tu m'as emmenée pour me gâcher la soirée, c'est ça ?

– Pourquoi, c'est mal de s'intéresser aux gens quand ta nana fait semblant de ne pas te connaître ?

– Tu t'es entendu ? Tu as la voix pâteuse.

– Je veux que de temps en temps... de temps en temps, tu vois, on ne peut pas dire que je sois exigeant... je veux que de temps en temps, tu me regardes d'un air... énamouré.

– Et pourquoi je ferais un truc pareil ?

– Parce qu'on se fréquente depuis presque un an par exemple... Qu'est-ce qu'on fait ensemble, tu peux me le dire ? Tout chez moi t'exaspère...

– C'est complètement faux, au contraire !

– Tu verrais quand je te baise... On dirait que je te viole.

– Mais tu aimes me violer !

– Ça, c'est vrai ! admis-je.

Flatté par sa lucidité à mon endroit, je tentai de l'embrasser pour faire la paix, mais comme je m'accrochais un peu à son bras pour ne pas tomber et lui soufflais dans le nez mon haleine chargée, ce fut la curée.

– Mais si j'avais le malheur de te regarder d'un air énamouré comme tu dis, tu en profiterais aussi sec pour me maltraiter. Est-ce que c'est ma faute si on a toujours besoin de te tenir en respect pour que tu restes supportable ? Hein ?

– Je voudrais que tu saches que mon intérêt pour toi n'est pas que physiologique... euh... bien que je sois très content que ta vie sexuelle soit tombée aussi bas que mes fantasmes...

– Je trouve ta déclaration extrêmement émouvante, maintenant si tu permets... fit-elle en tournant les talons.

– C'est parce que tu m'as abandonné que je suis dans cet état ! lui rétorquai-je, renfrogné, en la regardant s'éloigner.

Pour me faire payer ma révolte ou ma déclaration d'amour, je n'en savais trop rien, Joséphine me bouda le reste de la soirée. Lorsque je lui adressais la parole, elle ne me répondait pas ou se contentait d'articuler quelques mots, les lèvres pincées, du dédain plein les yeux. Au bout d'un moment sa dignité de femme offensée me tapait tellement sur le système que je quittai le cocktail. J'étais malheureux et en colère ; j'aurais voulu la cogner.

Samedi 20 janvier, minuit.
Je veux qu'on m'aime.

8

C'est le jour de la levée d'écrou de Termite que j'ai trouvé le nom de la marque qui allait nous mener à la prospérité.

J'étais à faire du cul à cul sur le périphérique, quand la vision des Mercuriales, les tours jumelles de la porte de Bagnolet, me firent penser à mon cousin et à son ballet sur le 11 septembre.

Les critiques dans la presse avaient été dithyrambiques. On parla de vision prophétique et de verve expressive. Moi, sur le coup, je n'avais rien compris sauf que j'avais trouvé vachement plaisant les moments où les danseuses secouaient avec une grâce toute contemporaine leurs seins de rate sur la scène.

Par un effet "maraboutficelle", les seins de rate me firent penser à Joséphine et à l'engueulade que nous avions encore eue la veille à propos de mon choix d'arrêter le métier d'avocat pour me consacrer exclusivement au cognac.

Je ruminais tout ça au volant de ma voiture quand une idée émergea sans crier gare du tréfonds de mon cerveau.

Ground XO !

Mon cognac s'appellerait Ground XO.

L'accession par le crime jusqu'à l'étage XO, l'ultime qualité du cognac.

C'était juste génial !

En ramenant Termite et son barda vers Champigny, je le félicitai encore des paroles de rap qu'il m'avait envoyées.

– C'est normal, vu que vous me faites sortir et tout... Sans déconner, on n'a jamais été gentil comme ça avec moi...

– J'ai trouvé un nom pour mon cognac : Ground XO. Qu'est-ce que vous en pensez ?

– Ah, voilà, c'est toujours comme ça ! On est keblo sur un truc et puis ça s'éclaire… Ground XO, ça déchire en vrai. Mais ça va être dur à trouver une rime vocalique avec XO. Y faut une voyelle à la fin… Bon, y'a *"sso"* qui fait l'affaire vite fait, mais c'est pas génial. Comme euh… *Fais savoir à tes vassaux qu'j'crèche à Ground XO…*

– Si, c'est bien !

– D'la merde !

Et il frappa fièrement son barda :

– Là-dedans, j'ai un opéra rap entier… Trois ans de taf. Avec des récitatifs en quatrains combinatoires : *Biscotte médite / dans la ruelle / la tronche détruite / à coups de pelle.* Un panoramique sur la cité… Tu t'approches, tu t'approches et paf, tu le vois couché dans son sang qui coule doucement sur le bitume, crevé comme le chien errant qu'il est. Comme dans *Le Dormeur du val,* voyez…

– Rimbaud trafiquait des armes, pas de la cocaïne, fis-je à court d'arguments pour le faire taire. Mais ma réponse, comme j'aurais dû m'y attendre, fut contre-productive et j'eus droit à tout l'opéra.

Lorsque nous pénétrâmes enfin au Bouwalab, autrement dit dans le quartier du Bois l'Abbé, un comité d'accueil avait pris forme au lieudit "le Carré". Termite, aussitôt descendu de ma voiture, disparut dans les bras d'énormes noirs qui le saluèrent avec effusion.

Je sortis à mon tour, histoire de pas avoir l'air de snober tous ces solides gaillards qui reluquaient ma CLK en connaisseurs. On me présenta avec mes lettres de noblesse comme le baveux-de-l'histoire-du-mec-qui-s'est-arraché-de-Fleury-et-qui-produit-du-rap.

– C'est quoi votre label ? me fit un mastodonte en s'approchant à un centimètre de mon visage.

– Gun Therapy, improvisai-je avec un grand sourire.

C'est toujours dans les moments critiques que je suis le plus sublime.

J'avais l'air d'avoir bien répondu, parce que le nom que je venais tout juste d'inventer passa de bouche en bouche avec des signes d'acquiescement.

– Ouais, ça le fait ! approuva le monstre.

– Lundi, j'suis à votre cabinet, me promit Termite.

– Vous avez un endroit où dormir ?

– *No soucy*…

– Pas de vengeance comme vous me l'avez fait entendre dans votre joli opéra…

– C'est pas une vengeance, c'est un clash ! Le rap, ça transcende la violence. Et puis, vous savez, j'ai pas envie de me retrouver tout de suite au ballon.

Je revis Termite non pas le lundi qui suivit, mais le vendredi d'après. Il était seize heures. J'étais de bonne humeur car je venais d'éviter du ferme à un de mes clients, un flamboyant animateur de bar-mitsvah à la retraite.

Poursuivi pour abus de faiblesse, pour avoir donné beaucoup de joie contre énormément d'argent à une poignée de vieilles dames du XVIe arrondissement, ce gentil garçon avait su emporter la sympathie du tribunal face aux parties civiles qui puaient ce ressentiment toujours un peu dégoûtant qu'exalte l'espoir déçu de l'héritage.

Faut dire que j'avais été très bon.

Qui avait été là pour sortir ces charmantes femmes au théâtre ? Hein ? Qui ? Bon, certes, délestées de leurs bijoux fourgués au mont-de-piété pour financer le train de vie de mon client, mais quelle importance tant qu'il y avait d'la joie ?

Et qui s'était tapé des parties interminables de belote coinchée ? Ok, dans un salon de chez Confo revendu vingt fois le prix par un copain moyennant commission, mais tout de même...

"Heureusement qu'il existe encore des gens pour espérer autre chose des vieilles personnes que leur mort" : le président avait entendu cet argument plein de bon sens et avait décidé de ne pas avoir la main trop lourde.

À peine avais-je approché ma clé de la serrure que la porte de mon cabinet s'ouvrit sur Termite qui joua les portiers. Je le reconnus à peine. Habillé à la dernière mode : lunettes Cartier en or sur le nez, oreillette Bluetooth, MP3, blouson Furygan en cuir, il lui avait suffi de deux semaines pour se raccorder au grand Tout. Il en était presque devenu beau.

Il était venu travailler.

– Où étiez-vous passé ?

– J'ai eu un peu de retard mais maintenant ça y est, j'administre et tout, comme vous avez dit à la juge...

– Vous administrez ?

– Ouais, alors, dedans le bureau là, y'a le cainfri qui en finit pas de finir avec ses mecs alors la meuf toute maigre, j'sais plus comment elle s'appelle, elle s'est embrouillée avec lui vu qu'il squattait l'endroit et que c'était son tour à elle, alors comme elle voulait se casser, je l'ai mise chez vous. Mais à part ça, c'est tranquille. Ah, et puis j'ai distribué le courrier dans les boîtes à chaussures et rajouté du papier dans la photocopieuse mais j'ai pas trouvé le PQ...

– C'est bien, je vois que vous avez tout bien en main... Mais je ne veux jamais personne dans mon bureau !

– Et quand tout le monde se tire la bourre, on fait comment ?

– On ne fait surtout rien. On les laisse se faire des crasses mutuelles et on regarde. C'est justement ça qui est drôle.

– Sérieux ? Même s'ils se tapent sur la gueule ?
– Absolument.

Après avoir attendu que l'anorexique mentale daignât quitter mon bureau, je m'assis pour travailler le dossier de Pereira que je venais de recevoir en copie. Par la porte entrebâillée, j'observais Termite rôder dans le cabinet.

Son corps accablé d'ennui, il se vautrait de siège en siège en laissant échapper de sa bouche tantôt des bâillements ou des soupirs, tantôt des bruits de boîte à rythmes. À un moment, N'Zongo sortit du bureau de réception avec deux Africains, deux organisateurs d'événements de Château Rouge sapés comme des princes qu'il raccompagna à la porte. Une fois celle-ci refermée, il tendit à Termite des invitations pour une soirée que celui-ci prit en main pour les détailler d'un air dubitatif :

– *"L'Étoile d'Afrique, soirée afro zouk ndombolo"*... Pas trop mon style, ça... Non, merci !

– Comment ?

– J'suis pas plus africain que lui, là, répondit-il à N'Zongo en me désignant par l'entrebâillement.

– Mais qu'est-ce que tu me racontes... Tu n'as jamais été en Afrique ?

– Le seul endroit où j'ai été, c'est une fois en Belgique avec la colo.

– Tu ne dois jamais oublier d'où tu viens, fit le vénérable, l'index levé, le ton solennel.

– Je suis un black du Bouwalab, ça je sais. Je bouffe du manioc quand on m'invite mais j'aime bien le couscous, le grec et le Flunch aussi. Et la zicmu africaine, ça me soûle.

Le discours de mon confrère me courait à un tel point que je me sentis obligé d'intervenir :

– Vous faites chier, N'Zongo !

– L'identité nègre ainsi que l'ensemble des valeurs culturelles du monde noir doivent être pour ce garçon une source de fierté.

– Personne ne vous dit le contraire, mais si M. Massani veut être un Africain du Bois l'Abbé, voire un simple jeune du Bois l'Abbé, qu'on le laisse peinard être ce qu'il veut.

– Après, il ne faudra pas venir se plaindre que les jeunes cassent tout et se battent avec la police... La déliquescence culturelle mène à l'émeute !

– J'en ai défendu plein, de ces jeunes, pendant ces émeutes : des blancs, des noirs, des Arabes et même des Chinois. Tous copains, tous unis dans la grande internationale de la casse. Alors, qu'on ne vienne pas me parler de déliquescence culturelle ou de je ne sais quel problème ethnique.

– Euh... je signale au passage que c'est toujours les céfrans qui se font pécho parce qu'ils courent comme des bites, précisa Termite.

– C'est leur impuissance qu'ils expriment, ces jeunes, en fracassant tout... Leur colère, face à leur manque de perspective et à l'irrespect dont les autorités font preuve à leur égard. Et vous, N'Zongo, avec votre panafricanisme à la con, je vous accuse de manquer de respect à ce jeune citoyen français de couleur noire du Bois l'Abbé.

– Pauvre monde, fit N'Zongo, vaincu, en quittant le cabinet.

– C'est chaud ici. Tout le monde gueule, mais j'aime bien.

– Ce n'est pas la peine de rester toute la journée à traîner au bureau. Je vous demande juste de vous montrer de temps à autre et de mettre au point le disque qui va contenir notre chanson. Une fois que vous aurez quelque chose de correct à me faire écouter, mon cousin connaît plein de monde dans le showbiz et on fera un malheur.

– C'est que je suis pas bien pour bosser dans ma cave, il fait trop froid.

– Vous n'avez qu'à emménager votre studio dans la cuisine du cabinet, personne ne s'en sert.

– Quand ?

– Quand vous voudrez, je m'en fiche.

Termite ne se le fit pas dire deux fois et disparut en un clin d'œil.

Après m'être assuré dans le Grand Cahier que la journée était finie et que personne ne viendrait plus me déranger, je me servis un verre de cognac et m'installai confortablement devant le dossier Pereira.

Au bout d'une vingtaine de minutes, je trouvai encore un moyen providentiel pour faire sortir cette petite frappe de prison.

Mon copain le parquetier du Pertuis, emporté par ce sentiment d'allégresse que cause aux gens de son espèce une arrestation massive, avait oublié de rédiger pour Pereira le réquisitoire introductif d'instance. La juge d'instruction n'était donc pas régulièrement saisie, la mise en examen nulle et le placement en détention de ce con au cul bordé de nouilles non avenu.

Il me suffisait de saisir la chambre de l'instruction pour que ce petit veinard se retrouve une nouvelle fois dehors.

"Mais pourquoi ferais-je une chose pareille alors qu'il me devait plein d'argent ? Est-ce que la liberté légitimait tout, y compris qu'on se foute ouvertement de ma gueule ?" : voilà où le comportement de cette petite frappe à mon égard m'avait conduit dans mes réflexions sur les libertés publiques.

D'habitude il restait toujours quelqu'un de la bande à qui servir ma sauce : "J'ai les moyens de sortir votre copain, mais si vous ne me versez pas ce qu'il me doit, il reste au placard." Mais, là, plus l'ombre d'un dealer à qui mendier mes honoraires : ils l'étaient tous, au placard, même les plus jeunes.

Mais parce que le simple fait d'imaginer la tête que tirerait ce péteux de procureur lorsque j'étalerais devant ses pairs sa bévue procédurale valait pour moi tout le pognon du monde, je fis encore une fois mon travail pour pas un rond.

Mon mémoire en nullité rédigé, j'en étais à mon troisième verre, celui à partir duquel je me sentais vachement intelligent et en verve.

Mercredi 24 février.

Suis-je en souffrance vis-à-vis de mon fonctionnement comme vous sembliez l'alléguer lors de notre entrevue ?

Je suis une personne qui réfléchit non pas avec son esprit mais avec son mauvais esprit. Le métier d'avocat, pour les occasions qu'il procure de faire l'élève insolent, est conçu à ma mesure.

Il y a bien sûr les relaxes obtenues à l'arrache, la vérité que l'on fait éclater seul contre tous ou, comme aujourd'hui, les mises en liberté spectaculaires sur des erreurs de procédures... Mais tout ceci participe sinon du folklore du moins de l'exception.

À part ça, mon quotidien est le même que le vôtre : répétitif et frustrant : une psychose croquignolette pour des heures interminables de bovarysme.

Et pourtant...

Je vais vous raconter une histoire qui peut vous sembler anecdotique, mais qui illustre parfaitement la raison pour laquelle je me lève encore le matin pour défendre bien souvent des causes sans intérêt.

J'assistais un jour un client lors d'une confrontation totalement inutile, comme elles le sont souvent. Il s'agissait d'une affaire de stups, mais ça aurait pu être n'importe quoi d'autre, une escroquerie, un braquage ou une tournante.

Donc, ce jour-là, je participais avec dix-sept autres personnes – les cinq co-mis en examen, leurs escortes, leurs avocats, le juge et son greffier, dans un bureau prévu pour deux – à cette farce que nous nommons pompeusement l'Œuvre de justice.

Nous dormions dans les odeurs de sueur et de pieds alors que la juge posait bravement ses questions aux cinq trafiquants qui mentaient tous de manière éhontée. Hésitant sur le flan à lui servir – l'histoire élaborée par le biais de radio-prison, celle mise au point dans le fourgon, celle concoctée en dernière minute au dépôt du Palais de justice ou la version concertée des avocats –, ces types ne lui livraient qu'une vérité pleine de grumeaux, un truc indigeste qui ne ressemblait à rien.

À un moment, le mien, peut-être pour en finir inconsciemment avec cette instruction absurde, répondit une connerie tellement énorme que nous éclatâmes tous d'un fou rire libérateur, greffier et gardes mobiles compris.

Alors que nous séchions nos larmes afin de retrouver un peu de notre sérieux, la juge nous scruta d'un air mauvais, mais elle n'eut d'autre choix, devant l'unanimité de notre fronde, que de faire comme si elle n'avait rien entendu.

Connaissez-vous Le Cancre *de Prévert ?*

Et malgré les menaces du maître
Sous les huées des enfants prodiges
Avec des craies de toutes les couleurs
Sur le tableau noir du malheur
Il dessine le visage du bonheur.

9

Fin février, je vis Termite débarquer d'un Porsche Cayenne garé en double file, accompagné de trois énormes armoires à glace qui déménagèrent ce que j'évaluai à cinquante mille euros d'ordinateurs et de matériels de provenance douteuse dans la cuisine du cabinet.

S'ensuivit une période harmonieuse où je n'avais plus à connaître ces accablements matinaux, ces moments de prostration où pour me revigorer je bouffais et buvais comme un trou. Avec ma vie qui s'engageait dans une voie nouvelle, cette impression désagréable de puiser goutte à goutte mon énergie vitale à une source avare s'estompait. J'allais incontestablement mieux, j'étais sur la bonne voie.

Le printemps était radieux.

Un rap style *West Coast*, assez mélodieux et assorti aux jours ensoleillés filtrait de l'arrière du cabinet : l'album produit par l'illustrissime label Gun Therapy prenait forme. Cette musique sucrée adoucissant les mœurs, il y eut moins d'engueulades entre mes domiciliés qui appréciaient tous mon poulain, le trouvant d'une société agréable.

Celui-ci me permit de me débarrasser des larmoiements de Sophie, Élodie, Valérie, Eugénie, Sidonie… qui désertèrent d'un seul coup le coin de mon bureau pour aller s'asseoir avec leur mug de café dans sa cuisine. Était-ce à son métier de dealer et aux milliers d'heures de confidences qu'il avait endurées qu'il devait son sens de la psychologie féminine ? Quoi qu'il en fût, il avait le chic, avec quelques mots simples, de faire que ces emmerdeuses se sentent des princesses.

Même Joséphine le trouvait sympathique. Elle jouait aux mentors musicaux en partageant avec lui les écouteurs de son iPod afin de lui faire découvrir quantité de morceaux que les moins de trente ans ne peuvent pas connaître.

C'est notamment à elle que l'on doit le sample de *Sunday Morning* du Velvet Underground dans la chanson *De godes et d'épées,* description épique du pillage par des gamins d'un entrepôt de *sex toys* de la cité des Mordacs et de leur bataille rangée à coups de godemichés vibrants.

Quant à Eudes Poirier de Segonsac, il se sentait comme un Juste d'un nouveau genre, trouvant chez Termite son bon nègre à aimer. Ils avaient ensemble d'interminables conversations sur les "colonies en dedans" et avaient l'air, contre toute attente, sur la même longueur d'onde.

Termite, qui n'avait jusque-là connu que les rudesses de la rue et pas grand-chose à l'urbanité, en accepta immédiatement les douceurs. Je savais très bien qu'il ne rentrait plus le soir à Champigny et qu'il dormait dans ma cuisine, mais je faisais semblant, comme tous mes domiciliés, de ne pas m'en apercevoir.

Il n'y avait que ses deux téléphones portables et ses puces qu'il intervertissait savamment au gré de ses appels pour nous rappeler qu'il avait eu, ou qu'il avait peut-être encore, une autre vie. Seule sa curieuse obsession pour le dénommé Biscotte m'inquiétait. Il avait beau m'affirmer que le rap transcendait toute violence, il en voulait à ce type au point de l'accuser de tous les maux : d'avoir fait tomber son frère Dialo, de lui avoir volé des milliers d'euros ou même d'avoir fait cramer une copine à lui qui résistait à ses avances. Il ne parlait que de l'occasion qui se présenterait de "revenir" un jour à Champigny et de l'en chasser comme l'intrus qu'il était.

Le nom du produit, Ground XO, lui donna du fil à retordre quant à la composition du refrain. D'abord parce que la rime en était quasi impossible, ensuite parce que cette marque devait s'intégrer dans l'histoire de la chanson. Mais Termite prit cela comme un défi et trouva la solution :

Je cogne, j'ai la niaque
J'viens vivre en dessous de chez toi
Je m'casse la tête au cognac
Le matin, le soir, à tous les repas
Pour contempler le chaos,
Je monte à Ground XO,
La galaxie en ruine,
L'univers en morceaux
Je suis le dieu des dieux d'un monde nouveau

– "Chaos" ça me donne les deux lettres "KO" que je colle à "XO". Après, le "X", je le mets en écho avec celui de "galaxie" qui se prononce en fait "galaksie", ce qui permet de faire la liaison entre le "K" de "KO" et le "X" de "XO", du coup la rime, on la repère à l'oreille même si elle n'a pas la place qu'elle devrait avoir.

Quant à la musique, il m'avait dit vouloir jouer la sécurité en s'inspirant de Tupac et de son *Pour Out a Little Liquor* que j'appréciais tant.

Un soir, il me fit écouter le tout et le résultat en était à ce point enthousiasmant que même Joséphine fut obligée de reconnaître que mon projet tenait la route. Le temps était venu de le présenter à mes associés.

Pour cette rencontre au sommet, Termite m'avait choisi un lieu branché au faux luxe ostentatoire, un de ces lieux de pacotille où il faisait bon être vu, où le dealer était reçu avec toute la considération de son rang.

Nous pénétrâmes dans un restaurant peuplé de bimbos fagotées comme l'as de pique et d'hommes bronzés en costumes italiens, de tous ces gens aux métiers obscurs que produisent le biz et la galanterie. Tout ça gloussait fort pour couvrir les sonneries de portables et la musique branchouille composée au kilomètre : un avant-goût du nouvel univers des cognacs Berthier.

J'avais réservé un salon privé pour que nous puissions nous engueuler à notre aise si le besoin s'en faisait sentir, mais le déjeuner fut très calme.

Ma cousine Valérie ne desserra pas les dents et ne toucha pas à son pigeonneau au Coca. Avec son air soupçonneux et provincial, elle regardait Termite à la dérobée, persuadée d'avoir été la seule à déceler en lui le démon.

François, qui adorait le rap *Ground XO*, se voyait déjà jouer les Martin Scorcese en mettant en scène un clip de gangsters. Il discuta à bâtons rompus avec mon protégé et ils se mirent d'accord sur une version qui suivrait la *success story* de la chanson. Pour ce qui était du refrain, il serait réalisé avec plein de trucages coûteux. On y verrait Termite prendre un ascenseur qui l'emmènerait à l'étage XO, dans une espèce de cité qui ressemblerait plus à un lupanar de luxe avec des putes en toge qu'à l'Olympe. Un projet à quatre-vingt mille euros au bas mot.

Quant à Annabelle, elle caressait de ses mains déformées par l'arthrose la version luxe de ma grenade ananas. Son regard de vieillarde cupide brillait des mille éclats du cristal et de la convoitise. François, pour la convaincre de voter pour notre projet, n'avait eu qu'à lui choisir quelques clips particulièrement tape-à-l'œil dans lesquels le pognon coulait à flot ; sa vénération pour l'argent fit le reste.

“Ah, si au moins j’étais jeune et noire, je ne m’en serais pas laissé conter, je vous le dis.”

C’est là, quand on a tous éclaté de rire, que Valérie est sortie de table et que j’ai gagné à trois voix contre une le droit de lancer la fabrication des bouteilles sur les deniers des cognacs Berthier. Ce jour-là, Gun Therapy devint une vraie société dotée des fonds issus de mon hypothèque, dont Annabelle, quatre-vingt-dix ans, accepta avec enthousiasme le poste de gérante.

Pour ce qui était de la musique, la phase “cuisine du cabinet” s’arrêtant là, il convenait, pour aller vers une exploitation commerciale, de trouver un producteur qui investirait dans les finitions du disque, la distribution et la promotion ; quantité de prestations que Gun Therapy n’avait pas les moyens de fournir. François nous obtint donc un rendez-vous dans une major auprès du type le plus en vogue en matière de hip-hop.

Tant que le moment d’aller faire écouter sa musique à des professionnels était hypothétique, Termite l’avait désiré comme dénouement à ses longues journées de travail. Maintenant qu’il s’offrait à lui, il crevait de peur de se faire recaler.

Son trac était palpable. Il était assis, prostré, les coudes sur les genoux, la tête entre les mains à regarder le sol. Je savais que cette perspective de se faire juger le tourmentait bien plus que tout ce qu’il avait connu, plus encore que de passer devant un tribunal.

J’essayais tant bien que mal de le rassurer, lui certifiant que sa musique était excellente, bien meilleure que celle qu’on entendait à la radio, mais comme il me prenait pour le dernier des ringards, mes compliments n’avaient sur lui aucun effet.

– J’ai des crampes au bide.

– Ça va aller…

– C'est vrai que vous, quand ça va pas, vous écoutez *Forever young* d'Alphaville en boucle ?

– Qui vous a dit ça ? fis-je, choqué d'avoir été trahi au plus profond de mon intimité.

– Joséphine.

– Oui, c'est vrai.

– Quand même, les trompettes et tout, ça craint ! rigola-t-il gentiment.

– Si on pouvait l'écouter là, je suis sûr que ça irait mieux. Remarquez, je peux vous la chanter, je la connais par cœur, je vous fais même les trompettes si vous voulez…

– Ah, non, vraiment, j'sais pas si ça le fera !

Il riait.

Comme je m'y attendais, l'ami de François, un certain Jean-Pierre, un bobo mince et chauve avec des airs de bidouilleur de techno, fut de mon avis quant au talent de Termite.

– Avec des titres comme *Ground XO* ou *Colonies en dedans*, tu vas très loin dans le hardcore… C'est bien, c'est moderne et à la fois *old school*… C'est ce qu'on cherche, fit-il sur le ton assuré du mec de la partie.

– C'est pas seulement moi qui suis hardcore, c'est le rap en général. La vie, elle est devenue plus dure. Et la mentalité, elle est plus rancunière aussi. Les quartiers, la femme, les galères… J'ai lâché beaucoup de choses persos dans mes *lyrics*… Dans *Colonies en dedans* par exemple, j'ai fait une chanson sur l'Afrique où j'ai jamais été. Si on devait catégoriser mon style, c'est un rap lucide que j'fais. Plutôt du crunk dans la mentalité sauf que les basses à donf, style tuning d'arrière de caisse à la Lil Jon, ça m'soûle.

– En tous les cas, t'as des rimes super millimétrées qui se perdent pas en bavardages… On adore. Et ton son, plutôt *West Coast*, non ?

– Plutôt Mordacs, ou Bouwalab si on préfère.

Voyant que Termite, dans son orthodoxie, commençait à bloquer, il se tourna… vers moi.

– Gun Therapy est donc votre label. Vous comptez développer d'autres artistes ?

– Plein. J'en ai au moins quarante chez moi qui ne demandent qu'à être développés.

– Y'a du monde… c'est bien ! Et comment tant d'artistes peuvent-ils être labellisés Gun Therapy ?

– Euh… Un feeling… Un *flow*… Faut qu'on les kiffe, quoi.

J'en faisais sûrement un peu trop parce qu'il commençait à me regarder d'un air incrédule.

– Quel est le label américain auquel vous vous identifiez le plus ?

– On n'a pas de modèle, juste des préférences… Évidemment, il y a Death Row et Def Jam qui sont incontournables…

– Et pour la plate-forme ?

– La plate-forme… Bien sûr, on va en avoir une de plate-forme, même plusieurs si ça se trouve…

– Je vois… voyait-il.

Puis il se tourna à nouveau vers Termite.

– On te propose déjà du *feat.* ?

– On m'en a toujours proposé, mais je veux pas m'éparpiller !

– Et vous ?

– Moi, quoi ?

– Le *featuring*…

– Euh… Pareil.

Il nous fixa longuement, ne sachant s'il avait affaire à une caméra cachée ou simplement à un vrai artiste flanqué d'un vrai débile mental. Mais comme nous lui étions adressés par LE chorégraphe du moment et que la musique était de grande qualité, il se laissa convaincre par la seconde hypothèse et nous sortit un contrat de cession de droits d'auteur.

Termite parcourut les deux feuilles en silence puis, indigné, les flanqua sur la table.

– Attends, même dans tes rêves, je signe pas ça, fils de pute !

Rompu aux caprices des artistes, notre interlocuteur ne perdit rien de son flegme.

– Tu me pardonneras les pourcentages, mais vu le marasme qui touche le marché, tu ne trouveras personne pour te proposer mieux. Maintenant, si tu veux aller faire le clown sur My Space, c'est comme tu veux…

– Qu'est-ce que tu m'engrènes, là, avec My Space… C'est quoi, c't'enculé ?

– Tu hibernes sur tes platines depuis combien de temps ? Deux, trois ans ?

– Ouais, c'est ça, ça fait trois ans que j'hiberne… fit-il, blessé et malheureux, avant de me planter là, avec ce type dont je ne comprenais qu'un mot sur deux.

– Il reviendra… Ils reviennent tous…

Pas lui, pensai-je, très inquiet.

Car, contrairement à ce que croyait ce producteur, Termite ne péchait pas par excès de pureté.

Il s'en carrait qu'on le prenne pour un artiste ou non. Il n'avait aucun problème à être une marchandise, une pompe à fric qui pose avec des airs de brute sanguinaire pour des marques de sweats ou qui va faire le zouave sur les plateaux télé flanqué de son casier judiciaire entre une actrice porno et un évêque.

Non, il voulait juste plus de fric. Plein de fric. Des montagnes de billets comme dans *Scarface* ou *Les Affranchis*. C'était ce dont parlaient ses textes, pure expression de la mentalité ultralibérale des vendeurs de cocaïne.

Mais le marché du rap avait à ce point changé depuis le début de son incarcération que seuls les artistes portés par les majors gagnaient leur vie et quelques-uns seulement, les plus consensuels, cartonnaient vraiment.

Bref : il était déçu.

Pendant les semaines qui suivirent, toutes les tentatives que je fis pour le raisonner et le faire changer d'avis furent vouées à l'échec.

"Ma musique est à moi, j'en fais ce que je veux et si j'ai envie de m'la rouler en bédo, ça me regarde", me martela-t-il chaque fois que j'essayais d'avoir une conversation raisonnée avec lui.

Contrairement à ce que j'avais cru, il ne disparut pas. Je compris alors qu'il n'avait nulle part où aller, ayant trouvé auprès de nous une famille. Je n'avais plus qu'à l'adopter et le tableau serait complet.

Il errait dans le cabinet en maugréant, prenant de temps à autre des poses muettes et désolées, des attitudes d'enterrement qui navrèrent Sophie, Élodie, Valérie, Eugénie, Sidonie… Toutes me regardaient d'un air suspicieux voire accusateur comme si j'étais responsable de son désarroi et du contrecoup que subissait le cabinet.

Mais le pompon fut l'entrée de Pereira dans nos vies. Libéré de détention par mon entremise, il se pointa un soir au cabinet avec la tête d'un chien qu'on aurait jeté d'une voiture sur l'autoroute. Avec âpreté, il me réclamait des comptes.

Il me reprochait de l'avoir fait sortir de détention sur une nullité, d'être dehors alors que tous les autres, les types de sa bande ainsi que celle de Traoré, étaient encore dedans. À cause de moi, il était tricard dans son quartier, honni comme une balance, banni comme une donneuse. On le menaçait de mort et il devait raser les murs s'il ne voulait pas se faire démonter la tête.

Lui non plus n'avait nulle part où aller, mais là, c'était soi-disant entièrement de ma faute. Termite vit dans cette intrusion providentielle un moyen pour s'incruster définitivement chez moi. Il envoya Pereira dans sa cave des Mordacs et se remit à faire je ne sais quoi dans sa cuisine.

– Pereira est une petite racaille, un type à qui on ne peut pas faire confiance. C'est le niveau zéro de l'humain. D'ailleurs, j'ignore comment vous êtes parvenus à communiquer, vu que je ne sais même pas quelle langue il parle.

– C'est parce qu'il est calciné par le marocain qu'il vend. Un putain de teuch coupé avec de la merde de chameau ou pire, avec du cirage, du plastique ou du pneu qui lui a niqué la tête grave. C'est pas un mytho, le mec, faut le croire : s'il reste sur Paris, il est *dead* de chez *dead*. Vous avez une putain de dette et c'est moi qui vais la solder. Mes potes, ils vont le prendre en main et le faire tafer sur la dalle. Sérieux. Dans quelques mois, ça sera un autre homme.

– Une dette ? Je rêve !

Le coup de grâce à mon moral me fut assené par Geneviève Duclos qui mourut de vieillesse dans la salle de réception en attendant un client. Je me remis illico à bouffer et à boire.

Le 3 juin, minuit.

Vous trouverez ci-joint un texte que je vous engage à lire. Je n'en suis pas l'auteur, je l'ai simplement recopié en raison de ses innombrables fautes d'orthographe et de son écriture exécrable. Ce texte, je l'ai déniché en fouillant dans les affaires personnelles du jeune que j'héberge, depuis plusieurs mois déjà, dans mon cabinet.

Je cherchais un moyen de m'en débarrasser, quelque chose à lui reprocher pour le jeter dehors, mais après ce que je viens de lire, j'ai décidé de le garder chez moi. Il est noir, il s'appelle Diocounda Massani. C'est un dealer de cocaïne en disponibilité. C'est à lui que j'ai confié la campagne de publicité de la marque de cognac dont je vous ai parlé, campagne qui est, à mon grand dam, en rade.

Il s'agit d'une rédaction d'école donnée à une classe de cinquième à partir d'un sujet qui devait ressembler à quelque chose comme "Décrivez un moment magique de votre vie". Malgré le vocabulaire employé, il a eu un dix-huit sur vingt, ce qui explique pourquoi il l'a gardée aussi longtemps.

C'est magnifique, pur… Ce n'est pas tant l'histoire qui m'a touché, mais le fait qu'un garçon comme lui, malgré sa sensibilité, n'ait rien inspiré d'autre au système éducatif qu'un BEP *chaudronnerie.*

"Une lettre sincère… Un certificat", m'avez-vous dit… Eh bien, parfois les livres ou les textes qui vous font pleurer en disent plus long que de longs discours.

Il y a cinq ans de ça – exactement cinq ans, parce que c'était comme aujourd'hui, une semaine avant Noël et que j'étais pas encore en foyer –, un pote à mon frère Dialo, il s'est ramené avec une grosse boîte toute carrée dans les bras.

"C'est pour mettre sous le sapin !" qu'il m'a dit comme ça. "Quel sapin ?" que j'ai répondu. Chez nous, on n'a jamais fêté Noël, ce qui arrangeait tout le monde vu qu'à partir du 15, y'avait plus que du riz à bouffer. "Allez, Diocou, ouvre-le", qu'ils gueulaient, mais moi, je bronchais pas.

Je voulais pas de ce paquet parce qu'il bougeait tout seul et que ça me foutait les jetons. Il faut dire que les grands, parfois, ils font des farces nulles. Mais ils insistaient tellement que j'ai fini par regarder ce qu'il y avait dedans.

Un chien ! Un putain de chien ! Un chien avec des taches noires, comme dans le film. "Oh, un malbatien !" que j'avais dit à l'époque, mais ils se sont tous foutus de ma gueule. Dialo, ce bâtard, il riait si fort qu'il avait des larmes qui lui coulaient des yeux.

Mme Bernard, ma maîtresse de Youri Gagarine, elle disait que c'était pas ma faute à moi quand j'inversais les lettres et les mots. Elle disait que j'avais des problèmes. Elle l'avait dit à mon daron, mais lui, il pensait que j'étais juste un con.

Bon, c'est pour ça que j'avais appelé mon chien Malbat.

Quand j'ai soulevé le couvercle, il m'a regardé avec un air grave parce qu'il n'était pas content d'avoir été enfermé comme ça, mais comme je lui ai fait des excuses pour mon frère et son pote, il a fini par remuer la queue.

Ils m'ont dit qu'il venait d'une Mercedes qu'ils avaient tirée pour faire un tour. Il était là, tranquille, à becter le siège arrière en attendant que sa maîtresse, elle revienne de ses courses.

Ma belle-mère, elle était vénère pour pas changer, elle voulait pas de ce chien à la maison. "Qui va le promener ?"... "Qui va lui donner à manger ?"... "Et d'abord d'où il vient, ce chien ?" Je lui ai promis que je m'en occuperais et l'ai suppliée de le garder.

Mais j'ai senti que ça la calmait pas. Que ce qui la gênait, c'était pas d'avoir un chien : les petits, ils le kiffaient grave et quand ils s'amusaient avec, au moins, ils la laissaient peinarde. Non, c'était d'avoir ce chien-là... Ce chien de bourge, dans la cité. Les bavardages, le qu'en-dira-t-on, ma belle-mère, elle aimait pas ça. "Il ne nous amènera que des 'blèmes", qu'elle disait.

Mais moi je sentais que Malbat, il allait nous porter chance. Qu'un chien classe comme ça, il pourrait qu'apporter le bonheur à la maison. Et c'est exactement ce qui est arrivé.

Mon frère, il a commencé un nouveau taf et il avait tout le temps plein de cash dans les poches. Je lui rabâchais sans arrêt que si ses affaires, elles marchaient aussi bien, c'était grâce à Malbat qui était un chien magique.

Il a fini par me croire parce qu'il ne sortait plus jamais sans lui avoir dit des secrets à l'oreille. Le chien, il le comprenait très bien vu qu'il répondait en faisant "ouaf". Parfois, quand ils avaient un plan, lui et ses potes, et qu'ils ne savaient pas trop par quel bout le prendre, ils s'enfermaient un moment dans sa chambre avec le chien et quand ils ressortaient, ils avaient trouvé la solution.

Même le daron, il a fini par le respecter. Ma belle-mère, elle, elle voyait pas les pouvoirs de Malbat d'un bon œil, mais comme mon reuf, il lui filait de la tune pour les petits, elle disait rien. Un jour, il m'a emmené à la mer avec une meuf dans sa nouvelle voiture et on a mangé dans un resto sur la plage.

Là-bas, c'est pas comme chez nous, ils acceptaient tous les chiens vu que tout le monde en avait. Des tout petits, des très grands et des drôlement bizarres. On nous a fait tellement de compliments sur le couple qu'on faisait moi et Malbat, comme on était mignons et tout, moi avec ma petite gueule de kebla et lui avec ses taches noires et blanches, que je savais plus où me foutre.

Mais quelques semaines après ce voyage, les condés ont débarqué avec leurs chiens, des espèces de coyotes ultra moches qui foutaient leurs nez partout. Ils ont tout saccagé : la grande télé, le canapé et ma nouvelle console de jeux. Ils ont même arraché les lambris des murs de ma chambre et foutu des coups de couteau à mes jouets. Il ne restait plus rien d'entier.

Comme Malbat, ça ne lui plaisait pas qu'on détruise sa maison et qu'il voulait montrer aux chiens policiers qu'il était quand même chez lui, il leur a montré les crocs.

Un schmidt lui a tiré dessus à bout portant avec son gomme-cogne. Il est mort dans mes bras pendant qu'ils embarquaient Dialo et que les petits, ils pleuraient. Et le malheur, il est revenu.

10

Début juin, je fus appelé à minuit par les proches d'un de mes plus vieux clients. Je l'avais connu jeune trafiquant au début de ma carrière, alors qu'il dealait du shit boulevard Brune. Cordial, sympathique et surtout extrêmement discret, il avait gravi un à un les échelons dans la vente de drogue jusqu'à devenir un grossiste en cocaïne respecté.

Au fil du temps, on peut dire qu'on est devenus amis, de ce genre d'amitié de bureau qui se passe de question.

Il vivait chichement avec la même nana depuis des années et venait d'avoir une petite fille dont il montrait fièrement la photo lorsque l'occasion se présentait. Il n'était pas du genre à claquer son argent dans des voitures et des fringues tape-à-l'œil, mais plutôt à investir dans des affaires rentables, quelque part loin de France, dans des pays réputés pour ne pas répondre aux commissions rogatoires.

Il appartenait à l'aristocratie de la profession.

Mais au coup de téléphone que je reçus de l'OCRTIS, je compris que ses beaux jours étaient terminés. Quand l'office central des stups s'occupait d'une telle affaire, il y avait fort à parier qu'il devait être sur écoute depuis des mois et qu'il était archi cuit.

Je me rendis donc cette nuit-là rue des Trois-Fontanot, à Nanterre, pour la soixante-douzième heure de sa garde à vue.

Cela faisait bien longtemps que je ne m'étais plus levé à quatre heures du matin pour aller voir quelqu'un chez les flics. Ça me rappelait mon époque de vaches maigres où, volontaire pour les permanences, je m'extirpais de mon lit pour aller visiter des tox', des voleurs de sacs et des petits dealers dans les commissariats.

Dans les locaux de l'office, il régnait cette ambiance virile et sympathique, caractéristique des corps ne comportant que des éléments chevronnés. Je montrai patte blanche et, après m'avoir informé que mon client était là pour un trafic de cocaïne, on me mit en contact avec lui dans le box prévu à cet effet.

Contrairement aux gardes à vue classiques, où nous nous entretenions dans une pièce, à Nanterre on ne pouvait se parler qu'au travers d'une paroi de plexiglas crasseuse qui filtrait le son au point d'être presque obligé de gueuler pour se faire comprendre.

Bien qu'il eût l'air essoré par deux jours et demi d'interrogatoires avec une lampe dans la gueule, je savais qu'il ne leur avait pas lâché un mot.

Parce qu'il nous était impossible de donner la moindre confidentialité à notre entretien, nous échangeâmes deux-trois banalités d'usage sur sa femme que les flics avaient fini par relâcher et sur sa fille qui venait de passer deux jours difficiles dans les locaux de la DDASS.

À la fin de l'entrevue, il me glissa un minuscule cylindre de papier à travers le trou de l'hygiaphone.

Il me montra quatre doigts et rajouta :

– À qui veut, mais tout de suite.

Je sortis extrêmement perplexe de cette garde à vue.

Je n'avais pas besoin de lire ce qu'il m'avait écrit pour savoir ce qu'il me demandait. Il avait dû être arrêté sans que les flics ne retrouvent la drogue et il voulait que je fasse le ménage au plus vite, avant qu'ils ne tombent dessus.

J'avais fait pas mal de choses malhonnêtes dans mon métier : j'avais fait évader un type, déménagé des tableaux de maître avant une perquisition, j'avais fraudé le fisc, présenté des truands les uns aux autres, mais toutes ces infractions, je les avais toujours commises plus ou moins contraint ou forcé. Alors que là, c'était délibérément que je m'apprêtais à enfreindre la loi, dans le domaine des stups qui plus est, un domaine ultra-pourvoyeur d'emmerdes.

Je m'assis dans ma voiture et déroulai le papier : il y avait un numéro d'immatriculation et une adresse boulevard Richard Lenoir.

Il avait dû se rendre compte que les flics le filaient pour le prendre en flagrant délit au moment où il livrerait sa drogue. Il avait réussi à les semer et s'était débarrassé de la voiture en la garant là où il avait pu, puis il s'était fait interpeller.

Les policiers devaient à présent la chercher en faisant des cercles concentriques à partir de l'endroit où ils l'avaient perdue de vue. Vu le nombre de voitures garées dans le coin, ils n'étaient pas près de la trouver.

Lorsque j'arrivai à Bastille, il était six heures et demie du matin. Les garçons du Café français commençaient à installer la terrasse sur le trottoir qui venait juste d'être lavé et qui brillait à la lumière rasante du soleil levant. Un de ces matins d'été typiquement parisiens où les gaz d'échappement mêlés au pollen de platanes chatouillent le nez.

Je m'installai devant une noisette-croissant afin d'attendre une heure plus propice, lorsque l'effervescence des piétons me permettrait d'examiner un véhicule sans me faire remarquer.

Je me sentais bien, serein, envahi de ce calme propre aux psychopathes avant la tempête. J'allais devenir un hors-la-loi en changeant le destin d'un homme. C'était classe... voire christique... Mais comme c'était pour pas un rond, c'était aussi délicieusement con.

À sept heures, d'un air affairé, j'empruntai le boulevard Richard Lenoir et passai devant la voiture décrite sur le papier. Il s'agissait d'une Smart noire avec deux sacs de sport dans le coffre.

Et puis quoi ? me dis-je, planté devant, rattrapé par la réalité de ce véhicule clos comme une grosse huître pleine de cocaïne.

Je me précipitai au cabinet et réveillai dans son gourbi le seul expert que j'avais sous la main : Termite !

– Vous êtes sûr qu'il a dit quatre à qui veut ? Moi, je veux pas rentrer dans les galères, tu vois ce que je veux dire... Le mec, il s'assoit sur cent soixante mille euros et il est d'accord ? Attendez, là, je suis perplexe...

– Il a dit à qui veut. Mais tout de suite, parce que si les flics trouvent les sacs, ce pauvre gars n'écopera pas de quatre ans de prison mais du triple. Douze ans à voir grandir sa fille depuis un parloir sordide pour une livraison ratée, je trouve que c'est triste.

– C'est p'têt' triste, mais moi je veux pas qu'après ses potes y'm'cherchent comme Sarah Connor... Une vraie tuerie qu'ils vont me faire, ouais...

– Qui est Sarah Connor ?

– Ça va, c'est bon... Faites chier, à force !

– Il ne demande qu'une chose, c'est qu'on le sorte de cette histoire.

– Remarque qu'après, avec les quatre kilos, là, Biscotte, il pétera plus rien à Champigny ! J'aurai plus qu'à lui acheter une jupe et des bottes, et il ira faire sa pute ailleurs. Et puis avec la tune, je pourrais faire comme Eazy-E il a fait… Financer *Straight Outta Compton* avec les lovés de la vente…

– C'est une Smart noire. Elle est bien garée et les sacs sont à l'arrière. Mais à l'heure qu'il est, les flics doivent être partout à la chercher.

– Il faut surtout pas toucher à la voiture, juste piquer les sacs… Et il faut que ça soille des petits qui le fassent. Comme ça, s'ils se font pécho, ils diront qu'ils étaient juste en train de faire un coffre… C'est Pereira qui va en envoyer deux, il est respecté.

– C'est une très mauvaise idée ! Cette crevure vendrait sa mère si elle pouvait lui rapporter quelque chose.

– Les petits de ma cité, c'est clair qu'ils connaissent rien ici. Les siens, le XIe, c'est leur quartier, ils se faufileront vite fait. En plus, il me doit un service, il crèche chez moi, je vous rappelle. Et puis crevure… faut toujours que vous exagériez.

– Si vous étiez si perspicace dans vos analyses humaines, ça se saurait, fis-je, perfide.

– La dernière fois, je me suis fait méchamment lanceba. Comme vot'mec là, avec ses kilos… C'est une grosse toise, que quand ça t'arrive, tu peux rien faire. Les stups, c'est comme ça !

– Bon, donnez-moi vos portables et vos puces.

– Quoi ?

– Je vous connais, vous allez être tenté de téléphoner.

– Dans tes rêves…

– Pas de portable, pas d'adresse.

Les bras croisés comme une maîtresse d'école, j'attendais que le petit Diocounda m'obéisse. Il me jaugea d'un regard torve, passa d'un pied sur l'autre, signe chez lui d'une intense réflexion, maugréa deux-trois gros mots d'insulte, mais finit tout de même par me sortir de ses poches sa quincaillerie téléphonique.

– Ni de la cabine d'en bas. Vous vous déplacez pour aller lui parler.

– Ça va, j'ai compris !

– La voiture est devant le 35, boulevard Richard Lenoir. Sa garde à vue expire cette nuit à quatre heures du matin et il ne sera présenté devant le juge que demain après-midi : ça vous laisse une journée et demie pour trouver une solution.

À treize heures, Termite revint à l'arrière du scooter de Pereira qui, après l'avoir déposé, disparut direction le XIe arrondissement. Pour que surtout il n'aille pas traîner autour de la Smart, je l'envoyai faire des courses pour le pot que nous donnions le lendemain pour fêter la soutenance de thèse de N'Zongo. Quant à moi, je retournai prendre le soleil boulevard Richard Lenoir.

Je m'installai dans une boutique d'informatique d'où j'avais une vision panoramique sur la Smart au travers de la vitrine. Je n'avais a priori repéré ni camionnette aux vitres teintées, ni flics en civil arpentant le coin l'air de rien.

Tout à coup, alors que je suivais d'une oreille distraite la démonstration imbitable d'un vendeur, mon attention fut alertée par le bourdonnement caractéristique d'un scooter sans permis. Deux gamins noirs, casqués, petits et maigres comme des virgules, arrivèrent à toute berzingue par la piste cyclable pour s'arrêter net à la hauteur de la voiture.

Paf : un coup de pied-de-biche sur le hayon arrière sans même mettre pied à terre et hop les deux sacs disparurent en un clin d'œil.

Seul un passant fut témoin de la scène. Justicier dans l'âme, il se saisit de son portable et appela les flics.

Le lendemain à onze heures, tout le cabinet s'était réuni pour lever un verre à la santé de N'Zongo qui pouvait enfin se faire légitimement appeler "Docteur" et s'enorgueillir d'avoir enrichi la doctrine d'un *"Notions de droits-créances et contrôle de constitutionnalité ; pour une analyse comparative en droit français et zaïrois"*, un pavé de huit cents pages écrit petit.

Nous étions tous réunis dans mon bureau où le buffet avait été dressé. La porte du cabinet était restée entrouverte afin que les domiciliés puissent entrer et sortir à leur aise sans que l'un de nous fût sans cesse obligé d'aller ouvrir.

C'est comme cela que nous nous trouvâmes tout à coup nez à nez avec le procureur du Pertuis, mon ennemi juré, flanqué de deux bouledogues de la police judiciaire et d'un délégué du Bâtonnier.

– On ne vous a pas invités à ce que je sais ? m'indignai-je, un verre de cognac à la main.

– Perquisition ! grommela le flic en civil sous le regard goguenard du parquetier qui, très content de lui, commençait à feuilleter d'une main traînante, les dossiers posés sur ma table.

Mon confrère du Conseil de l'Ordre, le type sympa qui m'avait filé le plan des certificats médicaux de Kafhar, me fit un signe d'impuissance.

– Tout le monde dehors, gueula l'autre flic.

– Personne ne va sortir ! Prenez un code, monsieur l'OPJ, et lisez. Vous y verrez inscrit que vos investigations ne doivent en aucune manière entraver le libre exercice de notre profession. Tous ces gens sont domiciliés ici et sont donc dans leur cabinet.

– C'est vrai ce qu'il dit ? Ils sont au moins quarante entassés là-dedans, fit l'un des bouledogues à l'adresse du délégué du Bâtonnier, comme si j'étais un marchand de sommeil.

– C'est que les loyers sont devenus si chers à Paris, murmura celui-ci en guise d'excuse.

Du Pertuis fit un geste princier qui signifiait quelque chose comme : “Laissez, laissez, je m’accomoderai de la présence puante de ces gueux car, après tout, ce sont les contrariétés obligées lorsqu’on décide de perquisitionner la Cour des miracles.”

– Puis-je, sans vous commander, vous demander ce que vous cherchez ? demandai-je à la cantonade.

– Et puis quoi encore, marmonna un des OPJ.

Alors que ses sbires fouillaient partout, le procureur passa dans la salle d’attente puis dans le bureau de réception pour finir sa course dans la cuisine.

Moi, je lui collais au train, mon verre à la main.

– Vous hébergez des SDF également ? Comme c’est cocasse, observa-t-il en poussant légèrement du bout de sa chaussure le matelas de Termite.

– C’est mon clerc. Il est entre deux appartements.

– Votre clerc… celui qui est en libération conditionnelle ?

– Tout à fait.

– Et tout ça ? fit-il en avisant d’un geste vague le matériel informatique.

– Du matériel sono. Je crois qu’il tâte un peu de la musique.

– C’est divertissant, ça, la musique… j’adore ! Et puis c’est tellement plus licite que le trafic de cocaïne.

– Je ne vous suis pas…

– Ah non ? Puisque nous évoquons la question, il était où, votre musicien, hier après-midi ?

– Au Bon Marché, je crois. Je l’avais envoyé faire des courses pour notre petite fête. Si vos séides fouillent bien, ils retrouveront les tickets de caisse de ses achats. Un jeune qui a son allure est loin de passer inaperçu dans ce genre d’endroit.

Il me toisa d’un regard plein de morgue.

– Je vois…

Il retourna au salon et fit signe au policier de fouiller la cuisine.

– Vous comptez perquisitionner à mon domicile ensuite, ou bien ?

– Nous le ferions en vain, n'est-ce pas ?

– Ça dépend de ce que vous cherchez. On dit que ma collection de mignonnettes fait des jaloux… Au cas où vous ne trouveriez pas ce qui vous intéresse, vous n'auriez pas fait le déplacement pour rien.

Du Pertuis dégoupilla une de mes grenades ananas et la porta à son nez.

– Il sent bon, ce cognac. Très originale, cette bouteille. Ground XO, je ne connais pas… Bon, on se croisera sans doute tout à l'heure, votre client sera présenté à quatorze heures devant le juge d'instruction. Il ne faudrait pas qu'en plus nous laissions expirer le délai de vingt heures, n'est-ce pas ?

Termite, qui était sorti pour aller acheter du Coca pour les enfants de N'Zongo, fit tout à coup son apparition, comme dans un vaudeville.

– Monsieur Massani… Justement nous parlions de vous…

– C'est quoi, tous ces condés ? me demanda-t-il d'une voix blanche.

– Ces condés, monsieur Massani, cherchent quatre kilos de cocaïne qui ont malencontreusement été… on dira dérobés, hier après-midi, par deux mineurs noirs dans le XIe arrondissement… Qui sait, vous auriez peut-être une idée sur la question ?

– J'sais pas, c'est pas moi !

– C'est ce que nous verrons, monsieur Massani… C'est ce que nous verrons, assena le procureur avant de faire lever le siège d'un geste royal.

Une fois la maréchaussée partie, la fête redémarra de plus belle, chacun y allant de sa petite histoire de perquisition en cabinet.

Cette mesure à visée purement "humiliatoire" à l'encontre des avocats, très à la mode chez les magistrats, s'était par sa fréquence et son inanité muée en farce propre à l'anecdote. Même l'Ordre avait eu droit à la sienne.

N'Zongo me dédicaça solennellement un exemplaire de sa thèse et me gratifia de son soutien ainsi que de celui de l'association des avocats africains docteurs en droit à laquelle il n'appartenait que depuis la veille, mais dont il se sentait déjà le porte-parole.

Seul Termite ne se déridait pas.

– C'est la poisse démoniaque ! répétait-il en boucle.

Comme j'étais bourré et que je n'avais pas envie de me confronter à Du Pertuis une seconde fois, je demandai à Joséphine de me remplacer pour la mise en examen de mon client ainsi que pour son passage devant le juge des libertés et de la détention, un pur travail de potiche puisque le pauvre était archiplombé.

Je désirais juste, avec la véhémence qui était la sienne, qu'elle martelât au juge les quelques principes de droit sur la présomption d'innocence et l'exception que devait rester la détention provisoire : ça ne servirait à rien, mais ça ne pouvait pas leur faire de mal.

Pour la remercier de m'avoir secondé, je l'invitai ensuite à dîner dans un bon restaurant.

Et parce qu'il arrivait parfois que des journées mal engagées finissent bien, une fois au lit, Joséphine me présenta son cul gentiment, sans me faire chier, juste comme ça…

Et cette nuit-là, je lui dis que je l'aimais.

11

Juin.

Journée lambda dédiée à Amristad Kafhar, aliéniste moderne.

9h : rendez-vous au cabinet avec un type qui est tellement chargé à la coke qu'il me donne, sans même s'en apercevoir, des petites tapes douloureuses sur le bras pour ponctuer ses propos. Il me sort malgré moi de cette torpeur qui m'englue en général jusqu'à l'heure du déjeuner.

10h30 : visite à la prison de la Santé. Il pleut. Je me maudis parce que je n'ai pas choisi ma paire de chaussures "spécial taule" en semelles plastiques en partant ce matin. Je vois le tableau d'avance : pour passer sous le portique détecteur de métaux, je vais être obligé de me déchausser, de patauger dans les flaques d'eau en chaussettes et mes pieds seront trempés le restant de la journée.

11h : les matons parlent entre eux en créole pour qu'on ne les comprenne pas. Je pense à un des avocats domiciliés à mon cabinet et à sa théorie des colonies en dedans, mais chasse cette pensée de mon esprit : la Martinique et la Guadeloupe, c'est la France.

13h : une maman dont j'ai sorti le fils de prison m'attend au Palais. Elle pleure de reconnaissance et m'offre un couscous pour me remercier. Je suis obligé de me trimbaler d'une salle d'audience à l'autre avec deux encombrants sacs Lidl. L'un avec des bocaux de sauces et de légumes, l'autre avec trois tonnes de semoule et de viande. Je prie pour qu'aucun d'eux ne cède avant la fin de la journée.

14h : vingt-sept appels plus une menace de mort par un client interdit de séjour dans la commune où est domiciliée sa femme : je refuse de lui communiquer l'adresse de cette dernière afin qu'il n'aille pas tranquillement la tuer. Il me promet le pire des châtiments. Lorsque je lui demande lequel, il me raccroche au nez en ricanant.

14h10 : j'assiste devant le juge d'instruction (avec mon couscous) un client de mon confrère Bertrand. Un chef d'entreprise arrêté pour infraction aux règles d'hygiène et de sécurité sur les chantiers de son entreprise. Je confesse cette joie malsaine que j'éprouve chaque fois qu'un "notable" se trouve confronté avec indignation à l'insalubrité des locaux de garde à vue, à la présomption de culpabilité, aux fouilles avec doigt dans le cul… En résumé : aux règles qu'il a votées et qu'il ne trouve salutaires que lorsqu'elles ne le concernent pas.

16h : dans un même ordre d'idées, multiples messages de ma concierge sur mon portable : "Maître Leibowitz, où en êtes-vous de mon affaire ?" Elle a écopé d'un PV*-crotte et a le sentiment d'avoir fait l'objet d'une immense injustice. Elle avait sa canipelle en main, mais son chien avait la diarrhée. Elle se dit prête à me payer n'importe quoi pour que son nom soit lavé et qu'il ne soit pas dit qu'elle est une criminelle. Comme elle a peur d'aller en prison, elle m'appelle dix fois par jour. Je me fais la réflexion suivante : la justice, telle que se la figure l'imagination de la France d'en bas, n'a pas changé depuis le Moyen Age : quelque chose de terrible et de vague, une toute-puissance de l'arbitraire et du malheur.*

16h10 : je m'installe enfin à la buvette du Palais pour un café. Il n'y a plus de sandwich. Blague d'un confrère : "J'ai des clients qui lors d'une course poursuite avec la douane ont balancé au bord de l'autoroute un paquet de cinq kilos de skunk. Qui veut venir avec moi les chercher pour qu'on se roule des splifs tout le week-end ?"

18h30 : audience pour trois mineurs poursuivis pour violence en réunion avec arme dans le métro : ils s'amusaient à brûler les cheveux des femmes avec un briquet. Ils nient alors qu'ils ont été filmés par les caméras de vidéosurveillance à quatre reprises et qu'ils ont été reconnus par les victimes. L'instruction de l'affaire par le juge des enfants est interminable. Lorsqu'on voudra bien me donner la parole, je plaiderai la connerie puis je me tirerai. Pour l'instant, je vais essayer de dormir un peu. La tête entre les mains, les coudes appuyés sur les genoux dans un équilibre parfait, voilà comment on maîtrise, après vingt ans de pénal et d'audiences d'un ennui mortel, l'art de pioncer sans que ça se voie.

Il est vingt-deux heures et je rentre enfin. Il n'y a plus qu'une seule chose qui m'intéresse dans la vie, c'est mon couscous. Je suis un homme usé.

Fin août, ce fut le tournage du clip.

Dans un studio, on avait aménagé un décor qui était censé représenter l'Olympe, déco-fusion entre la maison d'Amin Dada et celle de Tony Montana dans *Scarface*. Une pièce immense, des rideaux panthère, de la moquette zèbre, des tables basses pleines de cocaïne, des canapés en cuir blanc, au moins vingt danseuses de ballet contemporain transformées pour l'occasion en *video vixen*, des mastodontes black très bien habillés, deux jaguars, un paon et… Termite.

On avait mis le paquet.

C'était François qui avait eu l'idée de s'inspirer de l'histoire de la pomme de Rockefeller :

Petit, tordu, un jeune black encapuchonné dans son sweat gris traîne sa race dans sa cité lépreuse. Il trouve, allongé par terre, un mec inconscient ou mort, peu importe, et lui fait les poches histoire de.

Il y trouve une barrette de shit, la vend et achète immédiatement deux barrettes qu'il vend à nouveau. Avec le profit, il en achète quatre, puis huit, puis seize, etc., etc. Rapidement, il passe de la savonnette aux paquets thermosoudés avec en promo, pour qui veut, un peu de poudre.

Puis il abandonne le shit pour se consacrer exclusivement à la poudre. S'ensuivent des livraisons en Ferrari et des dégustations de cocaïne chez le grossiste style gringo de Jacques Vabre.

L'acmé du récit est la montée dans l'Olympe, symbolisée par l'ascenseur que prend Termite jusqu'à Ground XO, étage du fameux salon à la déco pharaonique où des filles quasi nues, lascives et shootées conditionnent de la cocaïne.

À un moment, harassé par son activité bourdonnante de trafiquant de stupéfiants ainsi que par les pensées métaphysiques qui vont avec, le héros fait un break et se verse à partir d'une grenade en cristal un verre de cognac qu'il va déguster sur son balcon. Là, il égrène les rimes du refrain tout en admirant les lumières de la ville.

Mais avant d'en arriver au tournage du clip, Termite me fit vivre un véritable enfer ; période néanmoins salutaire car elle sonna le glas de sa carrière dans les stups.

Comme je l'avais prévu, Pereira disparut du panorama avec les quatre kilos de cocaïne.

Avec une pugnacité de dément, Termite se mit à soulever chaque pierre du XIe arrondissement et de Champigny pour retrouver celui qui l'avait doublé ; en vain.

À cet effet, grâce à un portable acheté à prix d'or à la famille d'un type incarcéré, il passa mille coups de fil par jour, hurlant au point d'empêcher toute réception de clientèle. Quand il ne hurlait pas au téléphone, il marchait de long en large dans le cabinet, les poings crispés, impatient de justice expéditive, ou bien il se terrait dans sa cuisine dans un silence de mort.

Le ressentiment de s'être fait à ce point trahir l'étranglait, lui écrasait le cerveau, lui broyait la poitrine au point de l'empêcher de parler des journées entières. En se faisant avoir comme un débutant, il avait raté une occasion inespérée de revenir en fanfare dans son milieu. C'était la seconde fois, "la tehon internationale" comme il le répétait sans fin, la tête entre les mains.

Moi, si je supportais ça avec une patience dont je ne me croyais même pas capable, c'était que j'étais confiant.

Certes son travail, ses amis, ses désirs, son existence tout entière avaient toujours tourné autour du trafic, mais il était doté d'un talent de musicien unanimement reconnu et si je m'en référais à ce texte que j'avais trouvé dans ses affaires, il était capable de bien d'autres prouesses.

De plus, en bon dealer cynique qu'il était, il ne se droguait pas, ne buvait pas et méprisait la dépendance sous toutes ses formes. Cette circonstance, aggravante en matière pénale, se révélerait salvatrice dans sa nouvelle vie, lui épargnant un destin mélodramatique.

Profitant de son abattement, je le traînai donc d'autorité chez le dénommé Jean-Pierre, le producteur de disques qui nous reçut triomphalement, du "je-te-l'avais-bien-dit" plein les yeux.

Indifférent à tout, Termite signa son contrat sans même le lire et se prêta sans piper mot à tout ce qu'on attendait de lui. C'est seulement lorsqu'il toucha son premier chèque qu'il se réveilla de l'état de torpeur dans lequel l'avait plongé la trahison de Pereira. Le monde lui apparut tout à coup plein de promesses alors qu'il entrait et sortait le petit rectangle de papier de sa poche, tant et si bien que je le conduisis à une banque pour qu'il le dépose avant qu'il ne devienne illisible à force d'être tripoté.

Là où j'étais en train de réussir avec Termite, j'échouai lamentablement avec ma cousine Valérie.

J'avais repéré sur MTV un remarquable programme *Pimp my ride*, une émission de tuning présentée par le rappeur Xzibit, le chaînon manquant entre la beauferie blanche et le rap.

Le Paris Tuning show, rencontre au sommet des customisateurs de voitures, me paraissait l'endroit idoine pour familiariser Valérie avec notre nouveau produit. Vendre aux pauvres gens qui dépensaient leur maigre SMIC en enjoliveurs pour bagnole ou vendre aux retraités qui hantaient la Charente, c'était avant tout vendre.

Mais alors que le stand Ground XO jouissait pourtant d'un bon emplacement, proche des toilettes, entre un vendeur d'autocollants et un poseur de jantes, toutes les bouteilles nous restèrent sur les bras.

Appuyé à un poteau, j'observais ma cousine en action. Haranguant maladroitement le chaland d'un pitoyable sourire, la dame patronnesse au tailleur plouc que j'avais devant moi était à peu près aussi excitante qu'une maman qui se démène pour vendre des quatre-quarts pleins de grumeaux à une kermesse de gens fauchés.

Je ne pouvais que constater mon erreur totale en matière de marketing. En fait de synecdoque, Valérie était à un cosmos de l'univers de l'accession à la prospérité par le crime qu'elle était censée incarner.

Le soir même, j'embauchai pour une bouchée de pain deux anciennes clientes, Shyla Tiger et Angela Bird, deux actrices porno sur le retour connues pour leurs spécialités tordues. Bonnes filles, elles se présentèrent le lendemain matin à huit heures tapantes tout silicone dehors. Elles relookèrent Valérie qui exhiba la mort dans l'âme ses cuisses pâtissières et ses gros lolos dans une combinaison short rose, et mon stand prit immédiatement une autre allure.

Ma cousine tenait la caisse alors que les filles se déhanchaient sur la table avec une grenade dans chaque main, mimant entre elles un vague rapprochement sexuel tant et si bien qu'à seize heures, il ne nous restait plus rien à vendre.

Quant à Valérie, trimbalée entre le monde du hip-hop, celui de la jante alliage et du porno, elle repartit plus déprimée que jamais à Lieursac-le-Mont.

Octobre.

Les emmerdes que j'escomptais pour nous faire de la pub démarrèrent avec la diffusion du clip à la télévision.

Une coalition parlementaire de droite interpella le ministre de la Justice afin qu'il envisage des poursuites judiciaires contre Termite pour incitation à l'usage des stups et à la haine raciale.

Annabelle Berthier, quatre-vingt-dix ans, fan de rap devant l'Éternel, gérante de la société Gun Therapy, autoproclamée ancienne résistante et productrice de Diocounda Massani alias Termite, vécut son moment warholien lorsqu'on l'invita dans un débat télévisé sur la liberté d'expression face au chef de file des députés récalcitrants. Préparée par mes soins à toutes les questions et invectives possibles, elle fut grandiose.

Outre le fait d'être traitée par le présentateur comme une fragile orchidée, d'appeler le député de cinquante ans "gamin", elle le moucha sur la question des stups en lui faisant remarquer que nulle part, dans sa chanson, Termite ne montrait la drogue sous un jour favorable comme le réprimait le code pénal. Au contraire, il décriait les mœurs de la bourgeoisie aisée en la matière qui, au lieu de s'en mettre plein le nez, ferait mieux de montrer l'exemple. Quant à l'incitation à la haine antiblanc, elle nota que lui et ses petits amis du Parlement devaient avoir l'esprit bien mal placé pour voir dans *"Ma queue bien bâtie, mes mots gentils font jouir (ta fille) comme jamais elle n'a joui..."* des paroles incitant à la haine raciale. Bien au contraire, celles-ci sonnaient comme une apologie à la mixité : c'était peut-être cela que les députés n'appréciaient guère.

Bref, Annabelle, avec sa voix chevrotante et son parkinson, fit un tabac et le ministre de la Justice, devant le ridicule de la situation, ne nous poursuivit pas.

Mais l'attaque qui parvint à nous atteindre fut beaucoup plus pernicieuse.

Du Pertuis, après avoir plongé son nez de fouine dans nos affaires, poursuivit Gun Therapy et la maison Berthier pour infraction à la loi Évin portant réglementation de la publicité en matière de boissons alcoolisées. Sur réquisitions, à titre de mesure conservatoire, il fit interdire la diffusion du clip à la télévision. Je savais que le tribunal correctionnel me donnerait raison, mais dans un an ou dans vingt ans, quand l'eau aurait coulé sous les ponts et que notre vidéo n'intéresserait plus que les étudiants en droit.

Voilà comment on parvenait à enliser une affaire dans la procédure. Je fis tout de même appel et livrai ma dernière bataille devant la chambre de l'instruction tout en sachant que ma cause était pliée d'avance.

Les juges qui siégeaient dans cette formation, clé de voûte du système inquisitoire français, ont toujours été représentés comme les trois singes de la sagesse : le sourd, le muet et l'aveugle. Il faut dire que ces pauvres fonctionnaires avaient la vie dure, car si par malheur il leur arrivait de prendre une décision hardie, conforme au droit, dans un dossier sensible, ils se retrouvaient illico dans l'épicentre d'une tourmente médiatique et le gouvernement du moment réclamait leur tête.

Alors, leurs couilles prises dans l'étau du pouvoir exécutif, ces magistrats allaient comme toujours me regarder plaider d'un air figé, et puis ils me diraient "non", parce que "non" c'est toujours moins risqué.

Pour ne rien arranger, moi et ma mainlevée merdique, on passait après huit avocats de grosses légumes qui venaient pour en découdre avec une nullité dans un des grands scandales politico-financiers de la fin du XXe siècle.

Je les saluai, mais évidemment aucun d'entre eux ne me répondit. Drapés dans leur robe impeccable, rehaussée de bleu ou de rouge suivant qu'ils étaient parvenus à gratter le mérite ou la Légion d'honneur à leurs prestigieux clients, ils me regardèrent comme un étron.

J'étais assez fier de moi : passer du sentiment d'indifférence au grade d'étron auprès de mes illustres confrères était le signe d'une évolution dans mon statut, la célébration d'une gloire par défaut.

Après avoir attendu deux heures que ces derniers légitiment leurs mirobolants honoraires, j'héritai de trois magistrats vidés de leur substance, encore plus apathiques que si je venais leur plaider la liberté d'un pauvre gars.

Ils n'ont pas écouté un iota de ce que j'avais à leur dire, tout pressés qu'ils étaient d'aller peaufiner leur copie dans la précédente affaire.

Mon Dieu, comme j'en avais marre.

Novembre.

Tout ça nous ayant considérablement énervés, nous nous vengeâmes.

Ils voulaient de la loi Évin, alors on leur en donna...

Nous nous lançâmes dans une superbe campagne d'affichage conforme à la législation. Degré d'alcool, origine, nom du fabricant, tout y figurait...

Le visuel consistait en des photos bidouillées de deux jeunes au look de rappeurs prospères sur fond d'alambic, de tonneaux ou de coteaux. L'un admirait son cognac en inclinant son verre avec des airs de connaisseur. L'autre défiait du regard le public d'un air méchant en pointant du doigt un bandeau trois fois plus gros que ce que la loi exigeait et sur lequel figurait le message *"L'abus d'alcool est dangereux pour la santé"*.

En filigrane, sur leur photo, leur casier judiciaire respectif avec au choix trafic de stups, braquage, *car-jacking*... Bref, de quoi flatter les bas instincts de monsieur et madame tout-le-monde lorsqu'il ou elle rêve dans sa cuisine d'une vie pleine d'aventures et de violence.

Cette campagne de pub, qui fit couler beaucoup d'encre chez les sociologues, lança les cognacs Berthier sur orbite, au point d'obliger, pour son plus grand bonheur, Valérie à acheter de l'alcool aux viticulteurs voisins afin de remplir nos grenades et continuer à fournir nos clients.

De là à ce que ce beau liquide ambré, qui se buvait partout dans le monde sauf en France, réapparaisse dans les boîtes de nuit, il n'y avait plus qu'un pas ; un pas que le Bureau interprofessionnel du cognac était prêt à franchir en se lançant dans la création hardie du premier festival de rap français en Charente.

J'étais fier de moi.

Voilà !

On est en décembre et cela fait presque un an que j'ai créé les conditions de ma reconversion sans semer le chaos dans mon sillage.

J'ai aidé un jeune qui va prendre son envol et s'installer dès le début de l'année dans son premier appartement, loué avec un bail régulier, dont le loyer sera payé par de vrais chèques provenant d'un compte ouvert à son nom. J'ai trouvé une nana qui me comprend peu ou prou et je compte lui demander de m'épouser pour les fêtes de Noël. J'ai relancé l'affaire de ma famille avec succès, affaire dont je compte m'occuper à plein temps une fois vendu mon cabinet à ses joyeux occupants.

En un mot, je suis un homme transfiguré.

... Et comme ma mise à l'épreuve arrive à son terme, il ne me reste plus qu'à écrire ma lettre d'adieu à Kafhar.

Le 12 décembre.

Avec cette lettre se termine notre correspondance.

J'en profite pour vous remercier d'avoir tenu votre part du contrat et me félicite d'avoir tenu la mienne. Relire, comme vous me l'aviez prescrit, tous ces courriers, me confirme à quel point il est temps que je cesse ce métier de fou qui ruine ma santé mentale.

Je sors à l'instant du tribunal de police où je suis allé plaider une de mes dernières affaires, une histoire de crottes de chien pour la concierge de mon immeuble.

À peine entré dans cette salle d'audience de seconde zone, pleine d'automobilistes mécontents et d'avocats qui crèvent la dalle, j'ai repéré, tassé dans un coin, mon confrère Ducros que je pensais mort depuis des lustres.

Je n'en croyais pas mes yeux ; c'était comme voir de Gaulle faire ses courses chez ED. *Il n'avait pas trop changé ; la vieillesse l'avait juste rendu plus effrayant.*

Quand j'étais jeune collaborateur, il avait, comme moi aujourd'hui, vingt ans de barre et dirigeait l'un des plus gros cabinets pénalistes de Paris. On disait qu'entre les années 80 et 90, il ne se passait pas une semaine sans qu'on ne retrouve une de ses affaires à la une du Nouveau Détective *ou du* Parisien. *Il faut dire que son physique d'équarrisseur, ses cheveux longs et sa grosse face bestiale se prêtaient bien aux croquis des dessinateurs du Palais.*

J'adorais le voir plaider : lorsqu'il se mettait à donner de la voix, tout le monde faisait dans son froc. C'était pour moi un exemple de réussite professionnelle et je me serais fait damner pour être embauché chez lui. Puis, d'un jour à l'autre, on a cessé de le voir.

Chacun y était allé de son explication. Il avait arrêté parce qu'il devait des millions à l'URSSAF et au Trésor public. Parce qu'il était devenu alcoolique. Parce qu'il avait fait tabasser un confrère par ses clients. Parce qu'il avait été poussé à la démission par le Bâtonnier pour étouffer une histoire de proxénétisme. Mais moi, j'ai toujours été convaincu que c'était pour toutes ces raisons à la fois.

Quoi qu'il en soit, il était là, bien vivant, à attendre son tour. Quand le juge a appelé son affaire, il s'est levé d'un bond et, comme ces vieux chevaux de réforme qui hennissent au moindre son de trompette, il s'est mis à éructer avec la rage qui avait fait sa réputation en cour d'assises.

Il se tenait devant moi en hurlant et postillonnant des phrases sans queue ni tête au visage d'une jeune magistrate terrifiée. Au bout d'un moment, celle-ci a appelé les policiers en faction pour faire arrêter ce qui ressemblait plus à une crise de delirium tremens à propos d'un stationnement sur une place de livraison qu'à une plaidoirie. Bien qu'il fulminât encore, il s'est laissé docilement reconduire à la porte du tribunal. C'était encore pire que dans mon rêve où je me branle devant le Palais.

Dans quelques jours, je fêterai une dernière fois l'anniversaire de ma prestation de serment et je raccrocherai la robe.

Kinshasa, le 24 décembre.

Monsieur Kafhar, je sais pas qui vous êtes, mais avant de tomber dans le coma, il m'a dit que c'était super important que je vous écrive.

Bon, pour faire court, là, on est à l'hôpital parce qu'il a chopé un truc. Il a quarante et un de fièvre et les médecins se demandent comment ils vont pouvoir le récupérer.

Voilà ce qui nous est arrivé.

Y'a huit jours de ça, sa copine Joséphine, elle était de permanence au Palais et elle a assisté par hasard un renoi, un fils de pute qu'on connaît et qui nous a fait plonger dans une histoire un peu compliquée de poudre.

Bref, quand il s'est fait serrer, il a fait un marché avec un proc qui nous déteste, que s'il nous dénonçait, il aurait une réduction de peine. Alors il s'est pas fait prier pour nous balancer comme quoi les kilos de poudre qu'on a retrouvés chez lui, en fait, ils étaient à nous.

Joséphine, quand elle a entendu ça, on était au cabinet à déménager mes affaires. Elle a traversé la Seine à toute pompe pour venir nous dire de nous cacher. On ne savait pas où aller, alors l'Africain qui est avocat chez nous a eu l'idée qu'on parte ici, au Zaïre, où il a le bras long.

Y'avait des schmidts partout où on allait alors on est partis sans rien. Enfin, je dis "on", mais je ne comprends pas très bien pourquoi il est parti, lui aussi. Moi, d'accord, je suis encore en conditionnelle, mais lui… Même si ce qu'il a fait, pour un avocat, c'est super grave, je suis sûr qu'il s'en serait sorti vu qu'il avait déjà fait largement pire, style faire évader un mec de Fleury.

Il a tout planté : sa meuf, sa boîte qui commençait à bien marcher et son cabinet même s'il voulait arrêter pour sortir par la grande porte comme il disait.

En fait, je pense que s'il est là en train de crever, c'est parce qu'il n'a pas voulu me laisser partir seul. Il a insisté pour que je vous dise qu'il mourra avocat. Il m'a dit que vous comprendrez.

Diocounda Massani

Remerciements

Les établissements Rémy Martin, Hélène Bastié, Laurence Chesneau-Dupin et la famille Lebecq pour leur charmant accueil à Cognac. Et les auteurs : Robert Harris et ses traducteurs pour son *Imperium : A Novel of Ancient Rome* ; Pierre Evil pour son extraordinaire ouvrage *Gangsta Rap*. Mon beau-père pour ses corrections.

POCHES NOIRS

CHEZ LE MÊME ÉDITEUR

Giulio Angioni
L'Or sarde

Jean-Baptiste Baronian
Quatuor X

Lilian Bathelot
Le Rire d'Olga

Maurizio Braucci
La Mer détraquée

Andrea Camilleri
Le Coup du cavalier
La disparition de Judas

Gilles Card
Art et pratique du chaos
Question de symétrie
Libera me
Nomad's land

Massimo Carlotto
Arrivederci amore
Le Maître des nœuds
Rien, plus rien au monde
L'Immense Obscurité de la mort

Hannelore Cayre
Commis d'office
Toiles de maître

Pierre CHRISTIN
Petits crimes contre les humanités

Sandrone DAZIERI
Sandrone et Associé
Sandrone se soigne
Le Blues de Sandrone

Jean-Paul DELFINO
L'Ile aux femmes
Tu touches pas à Marseille
De l'eau dans le grisou
Embrouilles au vélodrome

Gérard DELTEIL
Mort d'un satrape rouge
KZ, retour vers l'enfer

Pablo DE SANTIS
La Traduction

Ramón DÍAZ-ETEROVIC
Les 7 Fils de Simenon

Piergiorgio DI CARA
Ile noire
L'Ame à l'épaule
Verre froid

Santiago GAMBOA
Perdre est une question de méthode

Mempo GIARDINELLI
Le 10e Cercle
Luna caliente
Les Morts sont seuls

Laura GRIMALDI
Le Soupçon
La Peur
La Faute

Amid LARTANE
L'Envol du faucon vert

José Ángel MAÑAS
Je suis un écrivain frustré

Rosa MONTERO
Le Territoire des Barbares

MONTERO GLEZ
Soif de champagne

Leonardo PADURA
Electre à la Havane
Mort d'un Chinois à la Havane
L'Automne à Cuba
Passé parfait
Vents de carême
Adios Hemingway

Zelda POPKIN
Le Cadeau du mort

Serge QUADRUPPANI
Y
La Forcenée
Corps défendant
La Nuit de la dinde
Au fond de l'œil du chat

Luis SEPÚLVEDA
Un nom de torero
Journal d'un tueur sentimental
Yacaré/Hot Line

Jean-Marie THIVEAUD
La Nuit des monstres

Grazia VERASANI
Quo vadis, baby ?

Jacques VETTIER
Juge et partie
Nécroprocesseurs

Cet ouvrage a été composé par
Atlant'Communication
aux Sables-d'Olonne (Vendée)

Impression réalisée sur Variquik
par Corlet Imprimeur
en juin 2007

N° d'édition : 24133001 – N° d'impression : 105576
Dépôt légal : septembre 2007

Imprimé en France